계동길 로맨스

———

고궁을 놀이터 삼아,
미술관을 앞마당 삼아 함께 거닐며 건져낸
북촌과 서촌의 매력, 종로살이의
크고 작은 재미

계동길 로맨스

초판인쇄	2017년 10월 15일
초판발행	2017년 10월 20일

지은이	오명화
발행인	조현수
펴낸곳	도서출판 프로방스
마케팅	최관호 최문순 신성웅
편집교열	맹인남
디자인 디렉터	오종국 Design CREO
사진	오명화

ADD	경기도 고양시 일산동구 백석2동 1301-2 넥스빌오피스텔 704호
전화	031-925-5366~7
팩스	031-925-5368
이메일	provence70@naver.com
등록번호	제2016-000126호
등록	2016년 06월 23일
ISBN	979-11-88204-12-0-03830

정가 15,800원

계동길 로맨스

오명화 글 사진

ℙ 프로방스

"오너셰프와 사는 여자"

〈계동길 로맨스〉는 글 쓰는 여자와 요리하는 남자가 결혼해서
아이를 낳고 함께 성장해가는 과정에서 발견한, 도심 속 감성 찾기 프로젝트라 말할 수 있다.
고궁을 놀이터 삼아, 미술관을 앞마당 삼아 함께 거닐며 건져낸 북촌과 서촌의 매력,
종로살이의 크고 작은 재미들을 많은 분들과 공유할 수 있길 바란다.

　　　　　　　북촌에 8년을 살았고, 서촌으로 이사해 3
년째 살고 있다. 삼청동에서 프렌치레스토랑을 운영하는 요리사와
결혼하면서 그가 살던 원서동에 신혼집을 차렸다. 창덕궁 비원의 사
계를 보며 4년을 살았고, 계동으로 이사해 또 4년을 살았다. 요식업
이 퇴근이 늦다보니 어쩔 수 없이 집 가까운 곳에 거처를 마련해야
했다. 그래서 삼청동에서 가까운 계동길에 터전을 잡은 것인데, 북
촌한옥마을에 대한 환상 때문인지, 주기지를 밝히면 열에 아홉 명은
'좋은 동네 사시네요?' 라는 말이 되돌아온다.

　　　　　　솔직히 처음엔 변변한 마트가 없어 장볼 곳도 마땅치 않고, 중

국인 단체관광객들로 득실거리는 계동길에 사는 것이 싫었다. 복잡하고 소란스러우니까. 게다가 이곳에 거주하는 사람들이 대개 노인들이다보니, 오며가며 잔소리 아닌 잔소리를 듣는 것도 불편했다. 무엇보다 아이를 낳고 보니, 도심이라는 곳이 아이를 풀어놓기엔 더 없이 위험한 곳이라는 것을 알게 되었다. 아파트 단지가 없다보니 놀이터가 거의 없고, 몇 개 안 되는 어린이집을 보내기위해서 몇 년씩 대기해야하는 불상사까지 생겨났다.

그런데 참 이상하다. 처음엔 불편하고 어색하던 계동살이가 조금씩 편해지더니 좋은 점도 눈에 띄고, 동네 분들과 인사도 나누고, 우리 여건에 맞게 필요한 방법들을 찾으며 살아가게 됐다.

아이를 위해서라도 자연과 가깝고 안전한 곳으로 하루 빨리 이사 가야한다는 말을 달고 살았는데, 오래 살아보니 서울 사대문 안에서 자연과 더불어 살기에 이만한 곳이 또 있을까싶기도 하다. 그새 이 동네와 정이 들어버렸다.

북촌 일대, 특히 계동은 독특한 매력이 있는 곳이다. 한옥마을을 찾는 외국인관광객과 옛날부터 이곳에 터를 잡고 살아온 할머니, 할아버지들, 대기업 직장인들이 골고루 어우러지는 묘한 동네다.

서울시내 4대 고궁이 모두 인접해있고, 80년대 분위기를 자아내는 오래된 참기름집, 철물점, 흑백사진관, 현대식 카페와 아기자기한 공방들이 어우러진다. 옛것과 현대적인 것, 노년과 젊음, 회색 빌딩과 신록이 푸른 고궁이 묘한 대비를 이룬다. 보면 볼수록 살면 살수록 매력적인 동네다.

나는 어린 시절을 시골에서 보냈다. 동네 친구들과 산과 들로 뛰어다니며 실컷 놀았고, 여름이면 바다로 풍덩 뛰어들어 물놀이를 만끽했다. 그 덕분에 부모님이 애지중지 키우지 않았어도 정서가 안정돼있고, 예술가적 기질을 갖게 되었다는 믿음이 있다.

그런 이유로 내 아이에게도 자연과 더불어 마음껏 뛰어놀며, 문화예술과 더불어 커가는 환경을 만들어주고 싶었다. 어쩔 수 없이 살게 된 북촌이 어느 정도 만족감을 주고 있으니, 부분적으로는 성공한 셈이다.

〈계동길 로맨스〉는 글 쓰는 여자와 요리하는 남자가 결혼해서 아이를 낳고 함께 성장해가는 과정에서 발견한, 도심 속 감성 찾기 프로젝트라 말할 수 있다. 고궁을 놀이터 삼아, 미술관을 앞마당 삼아 함께 거닐며 건져낸 북촌과 서촌의 매력, 종로살이의 크고 작은 재미들을 많은 분들과 공유할 수 있길 바란다.

어쩌면 삭막한 도심 속에 살며 '이곳은 사람 살 곳이 못 된다', '얼른 서울을 떠야지' 라고 생각하는 분들에게 나름의 즐거움을 찾는 작은 가능성을 선물할 수도 있지 않을까? 나 또한 이곳에 살며 비슷한 변화를 겪어왔으니 말이다.

저자 오명화

Contents | 목 차

《1부 • 북촌》 9

프롤로그 | 오너셰프와 사는 여자 • 4

01 고궁의 사계_창경궁의 봄, 창덕궁의 가을 • 13

02 당신도 커피를 좋아하세요?_동네 카페산책 • 23

03 봄날의 숲속 도서관_삼청공원 • 31

04 손으로 쓴 편지의 추억_서울우정총국 • 43

05 한옥에 대한 로망 • 51

06 화가가 살던 집_원서동 고희동가옥 • 57

07 홀로인 시간_씨네코드 선재 • 63

08 미술관은 우리의 놀이터_국립현대미술관 서울관 • 69

09 동네서점 마실_책방 무사 • 77

10 치사한 주차전쟁 • 83

11 내 청춘의 화양연화_남산 • 87

12 내 나이 예순 즈음엔_서울노인복지센터 • 95

13 도심 속 사찰_조계사 • 101

14 흙먼지 풀풀 날리던 운동장의 추억_재동초등학교 • 107

15 낙원상가 아래를 걷다_낙원시장 • 113

16 사대부가 살던 집_백인제 가옥 • 121

17 동대문엔 로봇이 산다_동대문DDP • 127

18 중고품의 잔치_북촌 프리마켓 & 대학로 마르쉐 • 135

19 서점이 있던 자리_문화당서점 • 141

20 내가 사랑한 골목들 • 147

〈2부 · 서촌〉 153

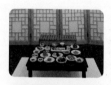

21 광장의 맛_**청와대 사랑채** • 155

22 엽전도시락이 뭐예요?_**통인시장** • 163

23 숨통이 트이는 서울의 야경_**북악스카이웨이 전망대** • 169

24 아빠의 시작노트_**윤동주문학관** • 175

25 옥인동 문화주택_**박노수미술관** • 183

26 살고 싶은 동네, 부암동_**서울미술관 & 석파정** • 189

27 돌담길 따라 걷는 길_**덕수궁** • 195

28 다시 보는 한양전경_**서울농학교** • 203

29 천의 얼굴을 가진 물길_**청계천** • 211

30 혼자 걷고 싶은 날엔_**경희궁** • 217

31 도심 속 힐링_**수성동계곡** • 225

32 문학의 길을 걷다_**청운문학도서관** • 231

33 역사의 뒤안길_**독립문공원 & 이진아도서관** • 237

34 과거의 영광을 보다_**사직단** • 243

35 은행잎이 질 무렵_**경복고등학교** • 249

에필로그 | 나는야 종로의 관광안내원 • 254

〈1부 · 북촌〉

북촌 일대, 특히 계동은 독특한 매력이 있는 곳이다.
한옥마을을 찾는 외국인관광객과 옛날부터
이곳에 터를 잡고 살아온 할머니, 할아버지들, 대기업직장인들이
골고루 어우러지는 묘한 동네다.

봄이면 벚꽃이 핀 경복궁 담을 따라 아들과 산책을 한다.

계동길 로맨스

고궁의 사계
창경궁의 봄, 창덕궁의 가을

계동은 창덕궁 담장과 가까이 있고, 경복궁, 창경궁, 운현궁까지 서울 4대 궁이 인근에 위치해있다. 이곳에 오기 전에는 가끔 데이트 장소로만 찾던 고궁을 사계절 내내 산책삼아 거닐 수 있게 된 것은 계동살이의 호사 중 호사다.

자연과 더불어 살고 싶다는 바람은 도심에 살면서 물 건너간 줄 알았는데, 오래 살다보니 서울 사대문 안에서 이만큼 자연과 가까이 있는 곳도 드물다는 생각이 든다. 창덕궁과 담 하나를 사이에 둔 원서동에 살 땐 에어컨 없이도 여름을 났었다.

계동에서 언덕을 넘어 원서동으로 접어들면, 공기의 온도가 달라짐을 느낄 수 있었는데, 실제로 서울시내 평균기온보다 1~2도 정

도 낮다고 한다. 그 이유는 창덕궁 안의 비원을 비롯한 우거진 숲이
공기를 맑게 해주고 대기의 온도를 낮춰주기 때문이다.

창덕궁과 연결통로가 되어있는 창경궁은 우리 부부가 연애시
절부터 봄가을로 찾던 데이트 장소인데, 특히 봄가을의 풍경이 절경
이다. 누가 보든 말든 맨발로 걸어 연못과 대온실(식물원)이 있는 안쪽
까지 걸어가 잠시 앉아서 이야기를 나누다가, 창덕궁과 이어지는 쪽
으로 걸어와 남산이 정면으로 보이는 전망스폿까지 걸어가는 코스
가 가장 좋았다.

우리의 창경궁 사랑은 아이가 태어나면서 더 깊어졌다. 남편의
직업적 특성상 시간을 빼서 멀리 자연을 만나러가기 어려운 우리 실
정에서, 고궁이야말로 자연과 호흡하는 가장 쉽고 멋진 장소였다.
유모차를 밀고 슬슬 걸으며 고궁을 한 바퀴 돈 후, 단골 중국집에서
자장면을 먹고 돌아오는 것이 우리가족의 주말나들이 코스였다. 물
론 혹한의 추위에는 아이의 건강을 염려해 자주 가진 못했지만, "창
경궁 갈까?"라는 말이 우리 부부에겐 단골 멘트였다.

일본, 중국관광객으로 넘쳐나는 경복궁은 다른 고궁에 비해 자
주 가진 않지만, 특별한 행사나 국립민속박물관의 전시를 보러갈 땐
함께 엮어서 들르기에 좋다. 특히 외국에 사는 친구가 한국에 오면

창경궁 연못은 꽃이 피는 봄과 단풍이 물든 가을에 가장 운치 있다.

남산이 보이는 창경궁의 전망스폿. 바닥에 포토 존이 새겨져 있다.

고궁은 과거의 영광을 돌아보는,
일상과는 동떨어진 장소로 여겨지지만 종로에 사는 우리가족에겐 자연과 더불어
여유를 부릴 수 있는 아주 가까운 쉼터이다.

운현궁에서 만난 외국인 관광객들. 한복을 입으면 고궁 입장이 무료이다.

계동길 로맨스

종종 함께 가게 되는데, 개장시간 직후의 여유로운 고궁도 매력적이지만 특정 기간 동안만 밤의 경복궁을 볼 수 있는 '야간개장'은 특별한 감동을 준다.

고궁에서 우리의 전통 가락을 비롯해 다양한 음악을 들을 수 있는 '고궁음악회'가 열리고, 그 옛날 학교 운동장에서 췄던 부채춤을 볼 수도 있다. 무엇보다 달 밝은 밤에 경복궁 경회루에 비친 밤하늘과 나무들이 만들어내는 풍광은 사진이나 동영상에 담을 수 없는 정취를 느끼게 해준다.

우리가 계동에서 살면서 가장 자주 간 곳이라면, 운현궁을 빼놓을 수 없다. 운현궁은 흥선대원군의 사가이자 조선의 제26대 왕인 고종이 태어나고 자란 곳이다. 다른 궁에 비해 규모는 작지만, 너른 마당과 오래된 나무 아래 벤치가 운치 있어, 아이와 놀이터처럼 애용하곤 했다.

2014년 3월 20일부터는 700원 하던 입장료마저 무료입장으로 전환되어 부담 없이 드나들 수 있게 되었다. 운현궁 내 한복체험관에 계신 선생님은 아이와 나를 알아보고 인사를 건네셨고, 여름철엔 뒤편에 살구가 떨어져 있으니 주워 먹으라는 정보를 주시기도 했다.

운현궁은 노인복지센터와 마주보고 있어 어르신들의 데이트 장소로도 인기다. 솔직히 말하면 관광객과 우리를 빼면 대부분 어르신들이다. 무료입장이라는 이유도 한몫했겠지만, 탑골공원과는 다른 분위기의 노인들의 반짝반짝한 눈빛이 좋았다.

연애는 나이를 먹어도 가슴을 설레게 하고, 아름다운 풍경을 함께 바라보는 즐거움은 애나 어른이나 똑같다. 특히 아장아장 걷는 우리 아이를 보고 자기 손자처럼 반갑게 웃어주고 말을 걸어주는 어르신들이 있어 정겨운 공간이다. 아마도 종로살이를 청산하지 않는 한 나는 해마다 아이와 함께 운현궁을 찾을 것이다.

고궁은 과거의 영광을 돌아보는, 일상과는 동떨어진 장소로 여겨지지만 종로에 사는 우리가족에겐 자연과 더불어 여유를 부릴 수 있는 아주 가까운 쉼터이다. 관광객들로 북적여 혼잡하지 않느냐고 묻는데, 오래 살다보면 어느 요일, 어느 시간대에 가면 사람이 가장 적어서 여유롭게 거닐 수 있다는 요령이 생긴다. 봄에는 창경궁을 먼저, 가을엔 창덕궁을 먼저, 눈 쌓인 겨울엔 경복궁을 거니는 것이 가장 행복하다는 나름의 기준도 있다.

우리 아이는 뱃속에 있을 때부터 고궁을 오갔고, 아장아장 걸음마를 시작한 후로 산책길에 들르는 곳이 고궁이었다. 이쪽엔 아파트단지가 없기 때문에 아이들이 안전하게 뛰어 놀만한 변변한 놀이터도 별로 없다. 궁여지책으로 찾은 곳이 고궁이었는데 아이는 궁을 놀이터 삼아 나뭇가지로 흙에 그림을 그리고, 솔방울도 주워 장난감처럼 가지고 놀았다. 우리에겐 일상적인 모습인데, SNS에 사진을 올리면 좋은 데를 매일 다니느냐며 친구들이 부러워한다.

도심 속에서 이만한 감성, 이만한 자연을 벗할 곳이 또 있을까? 고궁의 사계를 가까이 느낄 수 있다는 것은 종로살이의 진면목이자 도심 속에서 누리는 최고의 호사이다.

두 살 무렵의 아들.
고궁의 흙에 나뭇가지로 그림을 그리며 놀았다.

단골카페 통인동 커피공방. 진한 라떼를 즐겨 마신다.

계동길 로맨스

당신도 커피를 좋아하세요?
동네 카페 산책

나는 커피 마니아다. 더 정확히는 카페인 중독이라 아침에 눈을 뜨면 식전에 커피 한잔을 마셔야 정신이 들고, 하루에 기본적으로 커피 두세 잔은 들어가야 정신이 말짱하다. 커피가 몸에 좋다 나쁘다 말들이 많지만, 나이가 들어도 포기하고 싶지 않은 것 중에 하나가 커피 한잔의 여유다. 물론 신랑의 레스토랑에 가도 공짜커피를 마실 수 있지만, 북촌에서는 무조건! 드립커피를 마신다. 왜냐고? 각양각색의 커피를 선보이는 카페가 두 집 건너 하나라고 해도 무색할 만큼 많으니까.

계동살이를 시작하기 전부터 알던 카페로는 전광수커피하우스

전광수 커피하우스. 야외자리에 앉으면 재동초등학교 운동장이 보인다.

카페 공드리. craft beer를 맛볼 수 있어 인근 직장인들이 즐겨 찾는다.

가 있다. 방송 일을 할 때 알게 된 지인의 소개로 처음 방문했던 전 광수커피는 수년이 흐른 지금도 여전히 같은 자리에서 단골들을 맞이하며 건재하고 있다. 출입문 옆으로 놓인 야외자리에 앉으면 재동초등학교가 한눈에 들어오는데, 봄여름엔 그 자리에 앉아 운동장에서 뛰어 노는 아이들의 재잘거림을 듣는 즐거움이 쏠쏠하다. 이곳에서 볶은 케냐AA를 좋아해서 계동에 사는 동안 원두를 사다가 집에서 내려마시곤 했다.

친구들이나 지인들이 북촌에 올 때 '카페 공드리'를 즐겨 찾는다. 영화관련 일을 했던 부부가 운영하는 곳으로, 종종 들러 커피를 마시며 인사를 나눴는데, 알고 보니 내가 다닌 학교의 조교님과 절친한 사이라는 걸 몇 년이 지난 후에 알게 되었다.

아이가 태어나기 전에는 주말 밤 맥주 한잔 하며 이런저런 이야기를 나누었고, 아이가 태어난 후론 민폐를 끼치기 싫어 팥빙수 먹을 때 빼곤 아이를 동반하지 않고 지인들이 왔을 때 단골집으로 삼았다.

하루는 아이와 산책길에 카페 공드리 앞을 지나가는데 누군가가 내 이름을 불러 돌아봤더니 조교님이 그 카페에서 나왔다. 미국에 살고 계신데 한국에 잠깐 들른 거란다. 정말 우연도 이런 우연이 없다. 산책을 멈추고 카페 야외 자리에 앉아 맥주를 마시며 십여 년의 밀린 이야기를 짧게나마 나누었다. '전광수커피하우스'와 '카페 공드리'는 홍상수 감독의 영화에 등장한 장소이기도 하다.

그 외에도 북촌의 카페들은 일일이 열거할 수 없을 정도로 많다. 계동길에만도 작지만 아기자기한 소품들로 가득한 계동커피, 인디밴드 소울트레인의 건반주자가 운영하는 카페 소소(小小), 건물을 통째로 문화공간들로 채우고 있는 나무수다방 등…, 셀 수없이 많다.

낯선 여행지에서 마시는 커피는 특히 색다르다. 아무 카페나 들어가 현지인들 사이에 앉아 커피를 마시며 낯선 언어에 귀 기울일 때의 느낌. 우린 서로 다르지만 같은 커피를 마시고 있다는 묘한 기분…난 그 느낌을 좋아한다.

계동을 찾는 대부분의 사람들은 아기자기한 공방이나 한옥을 보러 오는 사람들이 대부분이지만, 꼭 마음에 드는 카페에 들어가 커피맛을 즐겨보길 권한다. 주인장들의 면면도 독특하고 재미있어서 프랜차이즈 커피숍에선 느낄 수 없는 분위기를 만끽할 수 있을 것이다.

이 대목에서 고백컨대 작가들 중에는 골초가 많다. 물론 주당

창덕궁 건너편에 위치한 서울돈화문국악당 내 카페. 잔디가 깔린 중정이 있어
하늘 바라보기에 제격이다.

그룹 소울트레인의 건반주자가 운영하는 카페 소소.

커피값이 저렴해 테이크아웃 손님이 많다.

입구에 오래된 흑백TV가 놓여있는 계동커피. 액세서리와 소품도 판매한다.

도 많다. 비흡연가에 술도 많이 못 마시는 나는 커피와 카페에서 노닥이는 시간으로 스트레스를 푼다.

　커피를 너무 많이 마시면 나이 들어서 뼈에 바람이 일찍 든다며 줄이라고들 하지만, 커피 없는 일상은 단팥 빠진 찐빵이요, 소금 없는 데킬라와 같다고 주장해본다. 당신도 나만큼 커피를 좋아하나요? 그렇다면 우리 계동에서 커피 한잔 합시다~!

봄날의 정독도서관. 벚꽃이 지고 연초록 잎이 돋아난 벚나무들.

봄날의 숲속 도서관
삼청공원

계동으로 이사 올 때 가장 좋았던 것은, 평소에 즐겨 찾던 정독도서관을 걸어서 갈 수 있다는 것이었다. 과거 은평구에 살던 때에도 집근처 도서관을 놔두고, 일부러 지하철을 타고 정독도서관을 찾곤 했다. 특히 벚꽃이 만발하는 봄과 단풍이 물드는 가을이 되면 책을 빌리기 위해서가 아니라 정원에 앉아 시간을 보내기위해 발걸음을 옮겼다.

정독도서관은 이미 벚꽃명소로 꽤 알려져 있어, 봄이 되면 벚꽃터널을 보기위해 사람들이 몰려온다. 벚꽃이 만개할 무렵에는 주말마다 정원이 사람들로 꽉 찰만큼 인파가 몰리는데, 이럴 땐 웬만하면 그곳을 찾지 않는다.

거주민의 특권이 뭔가? 가까우니 언제든 갈 수 있다는 것~! 이른 아침 도서관이 문을 열기 전에 유모차를 밀고 아이와 산책을 가면, 화사한 벚꽃이 만개한 근사한 정원을 독차지하는 행운을 만날 수 있다. 짹짹짹, 새소리를 들으며 이슬을 머금은 꽃을 볼 때의 기분은 정말 최고다.

내가 임신을 했을 때도 아이를 낳고 유모차를 밀고 산책을 나갈 때도 정독도서관은 마음을 차분하게 만들어주는 장소였다. 책과 자연, 내가 좋아하는 두 가지를 모두 누릴 수 있는 곳이자, 도심에서 아이를 풀어놓고 마음껏 뛰어놀게 할 수 있는 곳이기 때문이다.

아들은 뱃속에 있을 때부터 정독도서관의 벚꽃 향기를 맡았고, 아장아장 걸음마를 배울 때에도, 물고기와 분수대를 알게 될 나이에도 정독도서관의 앞뜰과 함께했다. 나무와 꽃과 새를 보고, 연못의 잉어도 보고, 동네 형들을 쫓아다니며 행복한 웃음을 짓기도 했다. 도심 한가운데 사는 게 번잡하다고 느낄 때면, 정독도서관은 늘 내게 마음의 여유를 되찾도록 도와주었다.

우리 부부가 아이를 데리고 정독도서관만큼 자주 찾는 곳은 삼청공원이다. 가장 큰 이유는 집에서 가깝고, 놀이터와 운동장, 중간

정독도서관의 명물인 왕벚나무

정독도서관에 올 때면 아들이 꼭 들르는 연못. 잉어가 무척 많다.

정독도서관은 벚꽃으로 유명하지만, 넓은 잔디밭과 곳곳에 벤치가 있어
책을 읽거나 데이트를 즐기는 연인들을 흔히 볼 수 있다.

가을이 찾아온 삼청공원.
운동기구가 곳곳에 이어 있고 주민들이 쉼터로 사랑 받고 있다.

중간 앉아서 쉴 수 있는 정자와 운동기구가 마련돼 있어 온가족이 운동 삼아 나들이하기 좋은 장소이기 때문이다.

여름 장마철이 되면, 간혹 수질 악화로 마시지 말라는 경고문이 붙긴 하지만 약수터도 있고, 등산로를 따라 올라가면 북악산을 오를 수도 있다. 아들이 아직은 어려서 남편과 연애할 때 이후로 등산은 보류 중이지만, 아들이 좀 더 크면, 세 식구가 함께 등산하는 날을 고대하고 있다.

완소 산책로였던 삼청공원에 2013년 문을 연 '숲속도서관'은 보는 것만으로도 즐거워지는 작은 도서관이다. 종로구에서 운영하는 '작은 도서관 프로젝트'의 하나인 숲속도서관은 삼청공원 진입로 초입에 자리하고 있다. 그 건너편에는 아이들을 위한 놀이터가 마주하고 있다.

우리는 숲속도서관의 초석을 다지는 모습부터 완공되는 모습을 지켜봤고, 완공된 후엔 개관일을 손꼽아 기다렸다. 개관 소식이 들려오자 바로 찾아가 회원카드를 만들어 책 2권을 빌렸다. 아이도 함께 가서 지하에 마련된 어린이 공간에서 동화책도 읽어주고, 집중력이 떨어질 때쯤 아빠와 함께 놀이터로 보냈다. 커피를 마시며 책을 읽다가 창밖으로 보이는 놀이터에서 부자가 뛰노는 모습을 보는 즐거움을 뭐라고 표현해야할까….

아이를 낳은 후 육아와 교육에 대한 관심이 높아지는 건 사실이다. 서점에 가면 육아관련 서적에 눈길이 가는 건 어쩔 수 없는데, 특히 독서습관에 관한 책이 꽤 많았다. 책을 읽는 습관, 어려서부터 책과 더불어 성장한 아이는 집중력이 뛰어나고, 이를 바탕으로 학습능력이 높다는 주장이다.

솔직히 육아에서 이론대로 되는 것은 많지 않다. 아이마다 다르고 책에서 읽은 대로 아이를 대한다고 생각하지만, 머리로 배운 것을 행동에 옮기는 건 생각보다 쉽지 않다. 한 가지 확실한 건 부모가 책을 좋아하고 가까이 하면, 아이도 책을 가까이 하게 된다는 것은 맞는 것 같다.

직업적인 특성상 우리 집에는 일반 가정보다 책이 좀 많다. 남편의 두꺼운 요리책부터 내 책까지 책 권수가 좀 많아서 이사할 때마다 짐 나르는 아저씨들한테 책이 너무 많다는 원망의 말을 들어야 했다.

아들은 기어 다니기 시작할 때부터 책꽂이의 책을 빼며 놀았고, 돌 이후부터는 동화책부터 아빠의 요리책까지 관심 있는 그림이 등장하는 책을 가져와 읽어달라고 조르곤 했다. 나는 아이의 학습능력을 위해서가 아니라 인생을 조금 더 풍성하게 만드는 법을 배우기 위해, 책을 가까이 했으면 하는 바람이다.

숲속도서관 앞 놀이터

삼청공원 숲속도서관. 아이들을 위한 다양한 프로그램도 진행한다.

정독도서관 연못. 수많은 잉어와 수련을 볼 수 있다.

나는 첫 책을 출간할 때 작가프로필에 '나를 키운 8할은 여행과 독서'라고 쓴 적이 있다. 평범한 가정에서 태어나 여러 형제들과 어울려 성장한 나에게 책과 낯선 장소로의 여행은 새로운 경계로 나아가는 모험이자 상상력을 만족시켜주는 좋은 도피처였다. 40년 넘게 살아보니 세상이 그리 평등하진 않지만, 책 앞의 사람은 평등하다고 믿는다. 요즘 세상에 자신이 원한다면 읽지 못할 책이 어디 있을까?

아들의 인생이 어디로 어떻게 흘러갈지 모르지만, 책이라는 세상과 만나는데 도움이 될 수 있다면 최대한 돕고 싶다. 인위적인 것보다 자연스레 가까워지길 원하기에 도서관에 자주 가면서도 책을 보자고 손을 잡아끌기보다는 정원이나 놀이터에서 노는 경우가 대부분이다.

아이는 계속 자라고, 언젠가는 내게 묻는 날이 올 것이다. "엄마, 도서관에 들어가서 책 읽을까?"라고. 그때가 되면, 행복한 마음으로 책들이 빼곡하게 꽂혀있는 서가로 함께 걸어 들어갈 것이다.

한국 최초의 우편행정관서 서울우정총국

✿ 계동길 로맨스

손으로 쓴 편지의 추억

서울우정총국

      우리집 작은방 책상 밑에는 요지부동으로 자리를 차지한 박스가 하나 있는데, 아주 옛날부터 모아온 아이디어 노트와 친구나 지인들과 주고받았던 손편지들이 담겨있다. 이사할 때마다 책은 정리해서 도서관에 기증하거나 나눠주는데, 왜 그런지 손편지는 버릴 수가 없어서 잦은 이사에도 불구하고 상자 안에 고이 모셔져 있다.

      나는 여행을 갈 때면, 가족이나 친구에게 손편지를 쓰곤 한다. 정말 마음에 드는 여행지에선 나 자신에게 편지를 쓸 때도 있다. 그 편지는 여행을 마치고 돌아오면 우편함에 꽂혀있거나, 일상으로 복

서울우정총국 앞의 고목이 오랜 세월을 느끼게 해준다.

귀한 후 한참 뒤에 도착하기도 하는데, 그 편지를 쓸 때의 느낌이 고스란히 전해져 묘한 감동을 준다.

요즘에도 종종 지인들에게 손편지를 쓸 때가 있지만, 내 앞으로 손편지가 도착하는 일은 좀처럼 없다. 아침저녁으로 우편함을 확인하지만 고지서와 홍보물만 가득할 뿐 손편지는 눈에 띄지 않는다.

인터넷과 스마트폰이 대중화되면서 손편지는 이제 정말 귀한 존재가 돼버렸다. 나 또한 가족에게 보내는 축하카드 외에 손편지를 쓰는 일이 현저히 줄었으니, 남들에게 손편지를 써달라고 부탁할 수도 없는 노릇이다. 그러나 편지를 쓰든 안 쓰든 '편지'라는 말을 들을 때, 자연스레 가슴에 퍼지는 설렘은 여전히 존재한다.

안국역 종로경찰서에서 인사동 입구를 지나 조계사 방향으로 걸어가다 보면, 한국 최초의 우편행정관서인 서울 우정총국을 만날 수 있다. 조계사로 이어지는 우정총국 앞 공터는 나무들이 잘 조성돼있어서 봄의 신록, 가을날의 운치를 만끽할 수 있다. 연세 지긋한 어른들이 앉아서 나라 걱정하는 이야기를 나누기도 하고, 연인들이 커피를 마시며 소곤소곤 사랑을 속삭이기도 한다. 나는 아이와 함께 나뭇잎을 주우며 놀곤 한다.

라디오작가로 15년째 일하고 있기 때문에 계절별로 가장 많이 방송을 타는 노래를 알고 있는데, 가을로 접어들면 단연 이동원의

계동길 로맨스

서울우정총국 뒤편의 작은 공원

입구에 도화서 터임을 알리는 비석이 있다.

'편지'가 전파를 많이 탄다. '가을엔 편지를 하겠어요~'로 시작하는 유행가 가사를 듣고 있노라면, 그 옛날 우리를 스쳐간 인연, 오랫동안 뜸했던 학교 동창들의 얼굴이 떠오른다. 그래서인지 가을만 되면 서울우정총국 앞에 놓인 빨간우체통을 그냥 지나치기가 서운하다.

한때 방송 프로그램 꼭지 중에 〈파란우체통〉이라는 코너를 만들어 방송한 적이 있다. 차마 말 못하고 마음에 담아두었던 미안하고 감사한 이야기를 전하는 코너였는데, 청취자들의 편지가 꽤 많이 도착했었다.

얼굴 보고 하기 힘든 이야기, 용기가 필요한 이야기, 하고 싶었지만 타이밍을 놓쳐 후회로 남는 이야기들은 손으로 꾹꾹 눌러쓴 편지로 전할 때 한결 수월해진다. 타닥타닥, 빠르게 쳐서 보내는 이메일보다 단어와 문장을 고르며, 천천히 써내려간 손 편지가 더 진심에 가까이 다가가는 건 어쩌면 당연한 일이 아닐까.

솔직히 나는 기대하고 있다. 내 아이가 자라 엄마에게 손으로 쓴 편지를 건네는 그 순간을….

아들이 자신의 감정을 글로 표현할 수 있는 나이가 되면, 아이와 편지를 자주 주고받을 생각이다. 특히 남자아이들의 사춘기는 육아의 최대 적이라고들 하던데, 편지로 넌지시 묻고 살짝 대답하는 과정을 통해 지혜롭게 넘어갈 수도 있겠다는 생각이 든다. 물론 그때 가봐야 알겠지만 말이다.

가회동의 한옥. 한복이 걸려있는 모습이 보인다.

계동길 로맨스

한옥에 대한 로망

북촌에 오래 살다보니 한옥을 자연스레 접하게 됐고, 평수는 작아도 중정이 있는 모습이 참 좋아보였다. 작더라도 한옥에 살고 싶어서 북촌일대에 나온 경매, 매매 물건을 두루 살펴봤지만, 정말 억-소리 나게 비쌌다.

싸게 나온 한옥이 7억, 8억 정도였는데, 막상 가보면 거의 새로 짓다시피 고쳐야할 정도로 낡아서, 개보수 비용이 엄청 들어가야 하는 한옥이 대부분이다. 한마디로 10억은 있어야 쓸 만한 한옥을 가질 수 있다.

내가 자란 시골집은 담장 내 안마당 외에 대문 밖으로 넓은 마당이 있었다. 그곳은 콩이나 수수 같은 농작물을 수확해 널어놓았다가 도리깨로 두드릴 때를 빼고는 동네 아이들의 공동 놀이터였다. 하교 후에 아이들은 자연스럽게 우리집 마당에 모여 땅따먹기를 하고, 술래잡기도 하며 놀다가 해질녘이 되어서야 각자의 집으로 돌아갔다.

도시로 나와 살면서 가장 아쉬운 것은 '마당이 있는 집'에 대한 갈증이었다. 풀 옵션 원룸에 살면서 베란다에 초록식물이나 화초를 제아무리 많이 길러도, 방문을 열고 내다보는 마당의 운치는 느낄 수가 없었다. 마당 있는 집에서 살고 싶다는 바람은 아이가 생긴 후 더 강해졌다.

비록 한옥을 소유하진 못했지만, 남편의 가게가 한옥 레스토랑이라 어느 정도 갈증은 해소되었다. 남편은 작은 중정에 요리에 쓸 각종 허브를 키우거나 아들이 유치원에서 받아온 씨앗을 싹틔워 옮겨심기도 했다. 선생님께 받아온 봉선화 씨앗이 싹을 틔우고, 잎이 무성해져 꽃을 피우는 과정을 보며 아이는 무척 신기해하고 즐거워했다. 무엇보다 눈이나 비가 올 때 중정 마루에 앉아 마당에 떨어지는 빗줄기와 눈송이를 보는 시간은 행복 그 자체다.

물론 단점도 있다. 한옥은 겉으론 멋들어져 보이지만, 여러 모로 불편하다. 수납을 잘 하지 않으면 금세 너저분해 보이고, 지붕 기

윤보선 전 대통령 가옥

레스토랑
샤떼뉴 중정에 키운
허브와 봉선화

눈 내린 겨울날의 계동 풍경. 한옥 위로 눈이 소복하게 쌓였다.

왓장과 서까래, 물받이 등을 때때로 손봐야한다. 단열이 잘되는 아파트와 달리 웃풍도 세서 냉난방도 만족스럽지 않다.

북촌의 넓고 주차도 되는 좋은 한옥들은 재산가들의 소유인 경우가 많다. 어떤 분은 강남에 살면서 100평대의 한옥을, 한 달에 한두 번 손님들과 가든파티를 할 때만 쓰기도 하니, 참 아이러니다.

10억대의 재산가가 되기 전엔 한옥에 살기 힘든 서민이지만, 나의 로망은 여전하다. 아이와 중정에 작은 텃밭을 만들어 채소도 키워 먹고, 화초도 기르는 즐거움을 누리며, 언제든 밤하늘의 별을 볼 수 있는 행복을 느끼게 해주고 싶다.

북촌에는 2012년 11월부터 '한옥체험살이 안내센터'가 문을 열어 내외국인이 한옥에 머물며 한옥을 체험할 수 있는 다양한 프로그램이 운영되고 있다. 또한 서울시가 개보수한 한옥을 공방, 작업실 등으로 대여하는 경우도 있으니, 나처럼 한옥에 관심이 있다면, 짧게나마 살아보고 체험해보고, 한옥 생활을 고민해도 괜찮을 것 같다.

고희동가옥 정원의 고희동 선생 동상

화가가 살던 집
원서동 고희동가옥

    신혼집이 원서동이었다. 원서동이라는 지명은 '창덕궁 후원의 서쪽'이라는 뜻으로 지어졌다. 창덕궁 담벼락을 따라 끝까지 들어가면 마을버스 1번의 정류장인 '빨래터'가 나온다.

    창덕궁 안에서 흘러나오는 물을 볼 수 있는 원서동빨래터는 서울 3대 빨래터였다고 한다. 마을버스 정류장 이름이 '빨래터'라고 지어진 건 그만한 이유가 있는 것이다. 이 정류장 앞 작은 편의점에 서면 '고희동 가옥'이 보인다. 고희동 선생은 한국 최초의 일본 유학생이자 우리나라 최초의 서양화가로, 1918년 본인이 직접 설계해 이 목조주택을 지었다고 한다.

고희동가옥 근처에 남편이 살던 빌라가 있었고, 결혼 후 나는 짐을 챙겨 그곳으로 이사했다. 12월이었고 집을 찾아 헤매기엔 두 사람 모두 시간적 여유가 없었다. 빚을 내어 큰집을 얻는 것보다 살림을 합쳐 살다가 계약만기가 됐을 때, 새집으로 이사를 하자는 계획이었다. 그곳에서 2년 가까이 살다가 계동길에 집을 얻어 이사를 했다.

원서동을 매일 오가면서도 고희동가옥이 있다는 걸 몰랐다가 어느 날, 사람들이 그 집에 드나드는 걸 보고 호기심이 생겨 들어가 보니, 화가의 집이었다. 고희동 선생이 지었다는 한옥은 대문을 들어서면 아주 넓지도 작지도 않은 잔디정원이 보인다. 오랜 세월을 느끼게 해주는 잎이 무성한 나무와 그 아래 나무의자가 놓여있고, 고희동 화백의 석상과 작은 대나무 숲이 있다.

주택 안으로 들어가면 작은 중정과 화가의 작업공간이 공개돼 있는데, 고희동 선생은 이곳에서 41년간 살면서 그림을 그리고 예술인들과 교류를 하며, 후학들을 가르쳤다고 한다. 작은 방에 마련된 고희동 화백의 작품들을 보면 다른 화가들과 협업으로 그린 작품이 다수 있어, 시인, 화가, 문필가 등 다양한 예술인들과 교류했음을 알 수가 있었다.

지난 8월에 잠시 들렀을 땐 전시 준비를 위한 내부공사가 한창이었는데, 연말쯤 미국에 있는 고희동 화백의 작품들을 가져와 전시

원서동 고희동가옥 전경

고희동가옥 내부의
화실 모습

원서공원

아라리오뮤지엄 앞에서 비둘기를 보는 아들

를 열 계획이라고 해설사분이 얘기를 해주셨다.

사실 고희동가옥은 흔적 없이 사라질 위기에 놓였었다. 한 디자인회사가 일대의 땅을 매입해 사옥을 지으면서, 고희동가옥을 헐고 주차장을 지으려고 하다가 시민단체의 반발로 유보됐다. 그 후 서울시가 매입해 현재까지 관리하고 있으며 2004년 9월, 등록문화재 제84호로 지정되었다. 이처럼 개발이라는 이름 아래, 자본의 힘 앞에 사라져간 역사의 흔적들이 많을 것이다.

최근 몇 년 새 원서동 안쪽까지 디자인회사의 작업실과 공방이 들어섰다. 안국역을 기점으로 공간사옥, 아라리오 뮤지엄을 지나 원서동 안쪽까지 찬찬히 걷다보면, 최근에 핫한 카페부터 금방이라도 무너질 듯한 오래된 한옥을 만날 수 있다. SNS의 영향인지 원서동 안쪽까지 찾아오는 관광객들이 예전보다 늘었다.

원서동을 둘러보다가 다리가 아플 땐 커피 한잔 사들고 원서공원에 들러보길 권한다. 오래된 나무를 비롯해 조경이 잘 된 원서공원은 주변 직장인들, 게이트볼을 즐기는 어르신들, 관광객과 벤치에 누워 낮잠을 청하는 동네 분들까지 다양한 사람들이 어우러져 재미있는 곳이다.

계동 중앙고 앞 언덕길

홀로인 시간
씨네코드 선재

나는 영화가 참 좋다. 아니 그냥 좋아한다는 말로는 표현하기 힘들만큼 일상에서 영화가 주는 위로는 실로 크고도 깊다. 결혼을 하고 아이를 낳기 전에는 일주일에 두세 번은 영화관을 찾아가는 마니아였다. 조조도 좋고, 야간 상영도 좋고 그냥 가슴이 답답하거나 글이 잘 써지지 않을 때 습관처럼 찾는 곳이 영화관이었다.

배가 남산만한 만삭의 몸으로도 헐리웃 블록버스터를 보던 사람인데, 아이를 낳고 나니 영화관 나들이가 쉽지 않았다. 돌 무렵까지는 영화관에 가서 영화 보기는 꿈도 꾸지 못했고, 아이가 점차 커가면서 도우미 분께 맡기고 가끔씩 영화를 볼 수 있었다. 물론 신랑에게 맡기고 영화를 볼 수도 있었지만 육아로 인해 영화관에 못가는 건 신랑도 마찬가지였으므로 혼자 영화관에 가기가 좀 미안했다.

아들이 어린이집을 다니기 시작하면서 영화관 나들이가 다시 시작됐다. 아이가 어린이집에 가있는 금쪽같은 시간에, 나는 일도 해야 하고, 사람도 만나야하고, 보고 싶은 영화도 봐야했다. 여유롭기보다는 효율적인 시간 쓰기에 능통해지는 느낌이랄까. 그럼에도 영화관에 앉아있는 시간은 정말 행복하다.

가끔 대학로의 복합상영관을 찾거나 종로3가의 오래된 영화관을 찾을 때도 있지만, 대개 씨네큐브 광화문이나 씨네코드 선재가 나의 단골 영화관이다. 걸어서 갈 수 있는 영화관이 집 근처에 있다는 게 얼마나 다행이며, 그곳에서 상영하는 영화들이 내 코드와 잘 맞으니 또 얼마나 다행인지 모른다.

아주 가끔은 영화를 보고 나오며 이 작품에 대해 길게 얘기하고 싶은 충동이 일어 누군가와 함께 보고 싶다는 생각을 할 때도 있지만, 영화는 혼자 보는 게 제일 좋다. 옆 사람의 움직임을 은근히 신경 쓰지 않아도 되고, 내가 제안한 영화를 혹시나 지루해하지 않을끼, 염려하지 않아도 된다. 특히 스크린과 나 사이…무엇도 막아서지 않는 경계 없음이 좋다.

영화를 볼 때는 시댁의 제사나 아이의 요즘 생활, 신랑 가게의

2015년 11월 30일, 문을 닫은 씨네코드 선재.

영화관 입구 표지판을 떼어낸 모습을 보니, 괜히 쓸쓸하다.

영업이 잘 되는지 같은 생각들이 끼어들지 않는다. 스크린 속의 이야기와 장면, 등장인물의 감정들을 따라가며 나는 잠시 일상을 잊고, 영화 속에 투영된 나 자신을 만난다.

솔직히 말하면 종로 일대의 영화관은 분위기가 묘해서 더 매력적이다. 복합상영관에서는 찾아보기 힘든 다수의 노인 관람객, 동성애 커플, 홀로 영화를 보러온 나와 비슷한 중년의 남녀들이 어우러져 영화를 본다. 가끔은 연세 드신 분들이 영화를 보며 제법 큰 소리로 수다를 떠는 통에 영화 볼 맛이 뚝 떨어지는 경우도 있지만, 이를 제외하면 영화관이 젊은이들의 데이트 장소로만 존재하는 것이 아니라, 우리의 일상에 남녀노소 누구나 누리는 장소로 스며들어 있음에 감사하게 된다.

마흔 살이 넘으니 이제 노안도 오는 것 같고, 안경을 써야만 영화가 선명하게 보이기 시작한다. 내가 나이가 들어도 하고 싶은 것 두 가지는 배낭여행과 영화관 나들이다. 남들이 뭐라고 하던 나 홀로 '꽃보다 할매'를 찍고, '나 홀로 영화보기'를 즐기고 싶다. 그런 이유로 작고 사랑스러운 영화관들이 사라지지 않기를 바란다. 초로의 노인이 찾아가도 면박주지 않고 단지 나이가 들었다는 이유로 젊은 친구들의 무지막지한 시선을 견뎌내지 않아도 되는 장소가 그리 많지 않기 때문이다.

책을 준비하는 동안 시네코드 선재가 안타깝게도 문을 닫았다. 입구의 간판을 떼어낸 마지막 날의 모습을 사진으로 남겼다. 단골 영화관, 찻집이 문을 닫는 건 너무나 안타까운 일. 망하지 마세요, 제발~!

국립어린이민속박물관 앞의 캐릭터 조형물과 아들

미술관은 우리의 놀이터

국립현대미술관 서울관

책을 읽어도 글이 눈에 안 들어오고, 마음이 답답할 땐 미술관을 찾아간다. 미술관에 덩그러니 걸린 그림들을 보고 있으면, 수많은 이야기가 내 마음 속에서 요동을 친다. 가끔은 사람 대신 음악이나 그림이 가장 큰 치유가 되는 순간들이 있다.

남자아이를 키우는 엄마로써 내가 갖고 있는 로망이 하나 있다. 아들과 함께 미술관이나 공연장을 스스럼없이 다니는 것이다. 가끔 문화예술 공간에서 나이 든 엄마와 학생으로 보이는 모자를 보게 되는데, 내 눈에는 굉장히 멋져 보였다. 엄마와 아들이 같은 공연이나 전시를 보고, 차 한 잔 마시며 서로의 감상을 공유하는 모습은, 그 자체로 부러움의 대상이다.

문화예술 공간에 자발적으로 찾아오는 남자 관객이 적은 이유는 사회적인 분위기와도 연관이 있을 것이다. 우리나라의 미술관은 좀 엄격한 분위기다. 나 역시 아이를 데리고 미술관을 찾은 적이 있는데, 일단 유모차를 끌고 들어가면 시선이 집중되고, 아이가 조그만 소리라도 낼라치면 원성의 눈빛이 돌아온다. 그렇다보니 부모는 어린아이를 동반한 미술관 관람을 꺼리게 되고, 유치원이나 초등학교에 들어가서야 처음으로 미술관 전시를 접하게 되는 아이들도 적지 않다.

나는 '만 6세 이하 출입 금지'라는 룰이 아예 정해진 곳을 빼고, 웬만한 미술관에 아이를 동반해왔다. 쉼 없이 울어대는 유아 때를 제외하면, 아이는 미술관에서 관람객의 관람을 방해할 정도로 크게 소리치거나 뛰어다니는 경우가 거의 없었다.

아이들도 공간에 대한 파악이 빠르기 때문에, '이곳은 조용히 해야 하는 곳이구나'라는 것을 눈치로 안다. 물론 알면서도 청개구리처럼 나가자고 떼를 쓰는 경우도 있는데, 그럴 땐 부모의 욕심을 내려놓고 아이를 밖으로 데려가는 것이 맞다. 그 아이는 아직 준비가 안 된 것이고, 그 수준에 맞는 미술관과 친해지기 과정을 거친 후 다시 오더라도 늦지 않다.

국립현대미술관 서울관

365일 다양한 전시가 진행된다.

국립현대미술관 서울관 경복궁마당.

이곳에선 경복궁과 국립민속박물관이 훤히 내려다보인다.

경복궁과 맞닿은 국립민속박물관에는 국립어린이민속박물관이 자리해있다. 박물관 입구에는 전통놀이 말뚝박기 조형물이 놓여있어 사진촬영을 하면서도 미소를 짓게 된다. 전시실까지 이어지는 정원에는 물레방아, 전차를 비롯해 옛 찻집과 미용실, 사진관 등을 재현해놓은 건물들이 있어, 어른들은 추억에 젖고, 아이들은 과거의 모습을 실제로 볼 수 있어 즐거움을 준다.

국립어린이민속박물관 내에서는 아이들을 위한 무료전시가 열려 평일에든 주말에든 체험전시를 관람할 수 있다. 〈해와 달이 된 오누이〉, 〈나무야, 놀자〉 같은 전시는 아이가 특히 좋아해서 두세 번 관람하기도 했다. 어릴 때부터 미술관에 드나든 아이는 주말에 가끔씩 "엄마, 미술관 갈까?" 라고 먼저 제안을 하는데, 속으로 얼마나 기쁜지 모른다.

내가 개인적으로 좋아하는 곳은 국립현대미술관 서울관의 '경복궁 마당' 이다. 이름만 듣고 경복궁 안에 있는 마당에 들어가는 것으로 생각하는 사람이 있는데, 국립현대미술관 옥상공간에서 바라보면 경복궁 마당이 보인다고 해서 붙여진 이름이다.

'경복궁 마당' 은 계절마다 한시적으로 공개가 되는데, 봄가을에 바라보는 경복궁의 모습이 정말 아름답다. 이곳은 아이를 동반해도 좋고, 커피 한 잔 마시며 혼자만의 시간을 갖기에도 안성맞춤이다.

21세기는 창조성이 뛰어난 사람, 문화적인 감수성이 뛰어난 사람이 각광을 받게 된다고 한다. 부모는 자녀를 그런 아이로 키우기 위해 창의력 교육에 매달리지만, 사실 예술적인 감각, 문화적인 감수성은 저절로 생기는 것은 아니다. 어려서부터 다양한 문화예술 작품들을 접하고, 스스로 호기심을 느낄 때 확장되는 것이다.

　　스페인 마드리드의 프라도미술관에 갔을 때 본 아이들의 수업이 인상적이었다. 미술관 앞 계단과 잔디밭에 앉은 아이들은 오늘 관람한 작품에 대해 자유롭게 느낌을 표현하고, 선생님은 그 의견에 대해 토를 다는 게 아니라, 학생들의 다양한 의견을 듣는 방향으로 진행하는 모습이 인상적이었다. 마치 열린 교실 같다는 생각이 들었다.

　　미국 샌프란시스코에 갔을 때도 마찬가지다. 미술관에는 부모와 동반한 어린이 관람객이 많았고, 미술관 관계자는 아이들이 묻는 질문에 웃으며 성의껏 답해주었다. '조용히 해라, 다른 사람에게 방해가 되니 나가달라' 는 말은 일체 하지 않았다.

　　사실 '미술관에서는 다른 관람객에게 방해가 되지 않도록 해야 한다' 는 매너를 가르치는 것도, 미술관 안에서 경험하며 가르쳐야 효과적이지 않을까. 한국처럼 어린아이는 미술관 입장 자체가 어려운 분위기, 어린이 관람객에 대한 날 선 눈빛을 가진 어른들이 많은 분위기에서, 일찌감치 예술적 감수성을 발견하고 키우는 아이들이 늘어나길 기대하는 건 어쩌면 너무 큰 바람인지도 모른다.

물론 우리나라에도 어린이미술관이 있다. 최근에는 유명 미술관에서 아이들을 위한 기획전시를 여는 횟수도 늘어났다. 하지만 내가 바라는 건 언제든지 가족들이 함께 둘러보며, 아이들이 예술적 경험을 할 수 있는 곳이 더 많아졌으면 하는 것이다.

눈 내린 날의 계동길 풍경

계동길 로맨스

동네서점 마실
책방 무사

　가수 요조 씨는 우리집 건너편에 살았다. 혹시 스토커냐고? 하하. 일부러 알려고 안 게 아니라, 마을버스 1번을 타고 내릴 때 가끔 그녀가 들어가는 건물을 볼 수 있었기 때문이다. 우린 마을버스 앞뒤자리에 앉아 나는 그녀를 알지만 그녀는 나를 모르는 채 중앙고 앞에 같이 내려 각자의 집으로 들어갈 때가 종종 있었다.

　그녀가 계동에 책방을 차렸다는 소식은 트위터를 통해 알게 되었다. 많은 이들이 계동 '책방 무사'의 소식을 알렸고, 나는 근처에 산다는 이유로 많은 이들이 가보고 싶어 하는 그 책방을 수도 없이 지나쳤다. 어린이집으로 아이를 데리러 가려면 그곳을 지나치기 때문이고, 마을버스 1번을 기다리려면 책방 무사의 건너편 정류장에 서있어야 했기 때문이다.

내가 처음 접한 독립서점은 홍대의 땡스북스와 유어마인드다. 홍대를 자주 찾던 시절, 후배의 소개로 알게 되어, 홍대에 갈 때면 종종 들르곤 했다. 커피도 한잔 마시며 서점 주인과 요즘 나온 괜찮은 신간이나 책에 대한 이야기를 나누는 분위기가 좋았다.

대형서점에선 책들이 너무 많아서 필요한 책만 골라 나오기 바쁜데, 독립서점은 책들을 찬찬히 둘러보며 눈에 들어오는 책들을 사는 기분이 남달랐다. 물론 독립서점의 맹점도 있다. 주인장의 기호나 책을 고르는 안목에 따라 책방 안을 채우는 책들이 천차만별이 될 수 있다는 것이다.

유어마인드는 일본 쪽 디자인, 애니메이션 관련 책들이 주를 이루고, 땡스북스는 문학과 디자인, 여행 등 분야에 상관없이 두루 갖추고 있다. 그렇다면 책방 무사는? 주인장인 가수 요조 씨가 직접 읽은 책들을 진열하고 판매한다. 본인이 괜찮다고 검증한 책들을 손님들에게 소개하는 방식인 셈이다.

책방 무사의 외관에는 미용실 간판이 그대로 있다. 북촌 한옥마을에 자리한 독립서점답게 오래된 것들을 부수지 않고 그대로 살

가수 요조 씨가 운영했던 '책방 무사'

'책방 무사'가 있던 자리는 속옷가게로 바뀌었다.

린 점이 마음에 들었다. 특히 계동길에는 구두나 액세서리 등을 직접 만들어 판매하는 공방의 젊은 사장님들이 많은데, 그들과 교류하며 음식도 나눠 먹고, 괜찮은 제품은 판매도 도우며 상생하는 모습이 보기 좋았다.

글을 써서 먹고 사는 사람으로서 독립서점이 점점 늘어나는 것은 기분 좋은 현상이다. 책의 출간을 출판사에만 연연하지 않고, 직접 1인 출판사를 꾸려 콘텐츠를 만들 수도 있고, 자신이 꿈꿔왔던 서점을 직접 오픈해 운영할 수도 있으니, 수많은 가능성이 열리는 것이다.

만약 내가 서점을 꾸린다면 아이들도 편하게 드나드는 책방을 만들고 싶다. 아이와 함께 서점을 자주 가는데, 인내심이 짧고 행동이 자유분방한 아이들이 편히 오래 머물 수 있는 곳이 거의 없었다.

잠재적인 독자인 아이들에게 '책 읽는 습관'을 들이기 위해서라도 도서관과 서점의 역할은 중요하다고 생각한다. 엄마 아빠와 함께 온 아이들이 앉아서 책을 읽다가 가고 싶을 때 언제든 가면 되는 열린 책방…. 물론 큰 수익은 기대할 수 없겠지만, 언젠가는 그런 책방을 열 수 있기를 바라고 있다.

많은 이들의 사랑을 받았던 '책방 무사'는 지난 3월 제주도 송

당리로 이사를 했고, 현재 그 자리엔 속옷가게가 들어와 있다. 외관의 모습 또한 확 바뀌었다.

'책방 무사'가 계동을 떠난 건 아쉽지만, 아예 사라진 것이 아니라 아름다운 섬 제주에서 여전히 책을 소개하고 사람들과 소통하는 곳으로 계속되고 있다는 것은 그나마 위로이다.

계동 1번지 중앙고 교정.
드라마 〈도깨비〉, 〈겨울연가〉 등의 촬영장소로 일본 관광객이 많이 찾는다.

계동길 로맨스

치사한 주차전쟁

    계동살이에 좋은 일만 있는 건 아니다. 특히 주차로 인한 불쾌한 일들이 종종 있다. 이곳은 창덕궁과 인접해 있고 좁은 골목들에 일방통행길이 많아 주차할 곳이 마땅치 않다.

    요즘에는 건물마다 주차공간을 의무적으로 만들도록 돼있지만, 고궁 옆이라 고도제한이 있어 낮은 집들이 대부분이고, 골목마다 낡은 한옥들이 빼곡하게 차있어 주차공간이 마련된 건물이 많지 않다. 오죽하면 남편이 주차공간이 마련되기 전까지는 절대로 차를 사지 않겠다고 선언을 했겠는가.

    하루는 쉴 새 없이 울리는 자동차 경적소리에 귀한 아침잠을

망쳤다. 짜증나서 창문을 열어보니 건물 앞에 세워둔 자동차가 연락처를 적어두지 않아 "0000번 어디에요? 얼른 차 빼세요!" 소리를 치며 경적을 계속 울려대고 있었다. 경적소리에 잠을 깬 주민들이 창문을 열고, 남의 집 앞에서 왜 그리 떠드느냐고 소리를 치자, 일대는 각종 고성이 난무하는 큰 소란이 일어났다. 그럴 때면 다들 '얼른 이 동네를 떠야지…' 라며 혀를 찬다.

그런데 이상한 점은 그 다음이다. 고양이 닭 보듯이 싸우던 이들이 금세 화해를 한다는 것~! 이 동네에선 오며가며 계속 마주칠 수밖에 없고 서로 얼굴보기 민망하기 때문에 화가 식고 나면 바로 화해를 한다. 그런 점에서 아파트 생활보다 불편하지만 이웃의 얼굴도 모르고, 엘리베이터 공포에 시달리는 것보다 낫다고 생각한다.

특히 계동길엔 나이 든 할머니들이 많이 산다. 내가 아이를 데리고 산책을 나가면, 날이 추운데 옷을 너무 얇게 입혔다며 잔소리를 하는 할머니부터, 남의 속도 모르고 다 큰 애를 왜 어린이집에 안 보내느냐고, 참견하는 할머니도 있다. 처음엔 쓸데없는 간섭이라고 생각했는데, 각박한 도시에서 나와 내 가족들을 눈여겨봐주는 사람들이 있다는 것이, 다행이라는 생각이 들었다. 마치 시골에 사는 것처럼 남의 집 살림을 어느 정도 알고, 낯선 사람이 다녀가면 알려주고, 급한 일이 생겼을 땐 택배 온 물건을 맡아준다.

나도 파전을 부치거나 시골에서 고구마나 옥수수가 도착하면, 쪄서 주인집 할머니께도 드리고 아래층 가게 아가씨들과 나누었다. 그분들은 또 우리 아이에게 과자를 주거나 장난감을 손에 쥐어준다. 각자의 집을 들락거리거나 사생활 침해를 하지 않으면서도 오가며 눈인사를 주고받고, 서로 나누고 베풀 수 있는 것은 베풀며 소통한다. 동네에서 누가 상을 당했는지, 집을 비운 동안 어떤 일이 있었는지, 마을 분들의 대화를 듣다보면 금방 알 수 있다.

　내가 느낀 계동살이의 장점은 절충이 가능한 삶이라는 것이다. 문제가 생기면 대화로 풀고, 직접 말하기 어려운 문제는 통장을 불러서 부탁하면 한 다리 건너 아는 사람들이기 때문에 웬만하면 해결이 가능하다. 이러한 융통성이 참 좋다.

　도시의 생활은 각박하다고들 하지만, 조금씩만 마음을 열면 조금은 소통의 온도를 높일 수 있을 거라는 가능성을 이곳에 살며 발견한다. 회색빛 빌딩 속에 둘러싸여 있지만, 그 속에는 사람들이 살고 있으며 우리는 모두 사람 냄새, 인정을 그리워하는 사람들이니까.

녹음이 짙은 여름날의 남산 산책로

계동길 로맨스

내 청춘의 화양연화
남산

　　남산은 나와 인연이 많은 곳이다. 지금은 남산예술센터가 된 자리에 서울예술대학(구 서울예전)이 있었다. 나는 직장생활을 하다가 그만두고, 배낭여행을 다녀온 후 작가가 되고 싶은 마음에 서울예대 극작과에 입학했다.

　　서울예대 시절 학기말이면 연극공연을 한편씩 올려야했는데 조별로 팀을 꾸린 후 그곳에서 먹고 자며 공연을 준비했다. 직접 희곡을 쓰고 연출부터 연기, 소품 만들기까지 모두 함께해야했다. 나는 20대 후반에 서울예대에 입학했기 때문에 나보다 여덟, 아홉 살 어린 동기들과 그룹 과제를 해야 했고, 연장자라는 이유로 연출의 역할이 주어지곤 했다.

지금 생각해보면 그들도 나이 든 동기인 나에게 불편한 구석이 있었을 것이고, 나 또한 어린 동기들보다 내가 더 절박하다는 생각이 있었던 것 같다. 연출을 맡은 조를 이끌어 공연을 무사히 올리기까지 우여곡절이 많았지만, 차가운 강의실 바닥, 어두운 구석을 찾아 쪽잠을 자던 그 때의 추억들이 종종 떠오르는 걸 보면, '그때는 연극이라는 새로운 세계를 만나 열정이 넘쳤었구나. 그 시절이 나의 화양연화였나?' 싶은 생각이 들 때가 있다.

서울예대 졸업 후 동기들은 각자의 길로 흩어졌고, 친했던 소수들만 연락을 주고받는다. 글쟁이로 자리매김한 동기들의 이름을 방송이나 영화 자막 등을 통해 간간히 접할 때면 다들 열심히 살고 있구나…라는 생각과 함께 그 시절의 추억들이 떠오르곤 한다. 남산 아래 왕돈가스집도 생각나고 공연 후 뒤풀이를 했던 중국집도 기억이 난다.

대학 졸업 후 오랫동안 남산을 찾을 일이 없었는데, 남편과 연애를 하면서 남산을 다시 걷게 됐다. 동국대를 졸업한 남편은 학교 구경을 시켜주겠다며 모교로 나를 데려갔고, 동국대를 통해 남산으로 이어지는 산길로 나를 안내했다. 학창시절 수업을 빼먹고 이 길로 많이 다녔다며 대학시절 흑역사를 들려주기도 했다.

보통 남산에 갈 때 명동 쪽에서 진입해 서울예대와 서울애니메

남산 서울N타워는 겨울에도 많은 이들이 찾는 야경 명소이다.

남산 서울N타워의 명물 '사랑의 열쇠'
수많은 연인들의 맹세가 모여 장관을 이룬다.

카페에서 커피나 주스를 마시며
바라보는 야경이 참 멋지다.

이션센터를 통해 걷는 코스로 갔었는데, 동국대나 국립극장에서 출발해 걷는 코스는 그때가 처음이었던 것 같다. 함께 걸으며 이런저런 이야기를 많이도 나누었던 것 같은데, 그때의 장면은 새록새록한데 어떤 이야기를 나누었는지는 기억이 잘 나지 않는다. 그것이 연애시절의 매력이 아닐까싶다. "그땐 참 좋았어. 무슨 얘기를 그렇게 오래 했었지?"라고 물으면, "그러게"라고 답하게 되는 그런 기억들.

아이가 태어난 후 다시 남산을 자주 찾게 됐다. 아들이 남산을 가는 이유는 단순명료하다. 첫째는 케이블카를 타고 싶다. 둘째는 남산의 서울N타워를 보고 싶다.

서울N타워는 서울을 찾는 관광객들의 필수코스여서 케이블카를 타고 오르려면 오래 기다려야한다. 주말엔 말할 것도 없고 평일에도 단체관광객과 맞물리는 상황이 되면, 한 시간 넘게 기다려 케이블카를 탈 수 있다.

아이는 지루함과 케이블카를 타고 싶다는 욕망 사이에서 몸을 배배꼬며 대기 시간을 견뎌내고, 케이블카를 타고 남산에 오르는 짧은 시간을 탄성을 지르며 만끽한다. 탑승객이 많을 땐 바깥의 풍경도 잘 보이지 않지만 운 좋게 소수의 인원이 탑승할 때면 서울 시내의 풍광을 한눈에 볼 수 있다. 모두가 예상하겠지만, 낮보다는 밤에 보는 야경이 훨씬 멋지다.

케이블카 대기시간에 한번 데인 후로는 남산에 갈 땐 버스를 이용한다. 3호선 동대입구역이나 충무로역에서 남산순환버스를 타면, 서울N타워 바로 아래까지 올라갈 수 있기 때문이다. 어른들은 산책삼아 국립극장에서부터 걸어서 오를 수도 있지만, 더운 여름이나 유아를 동반할 경우엔 땀으로 샤워를 할 수도 있으니 버스를 선택하는 편이 낫다.

서울에 남산이 있다는 건 큰 매력이다. 날씨가 맑은 날이면 서울시내 곳곳에서 서울N타워의 모습을 볼 수 있고, 남산에 오르면 서울 시내를 180도로 둘러볼 수 있다. 낮에 보는 풍경과 밤에 보는 풍경이 다르고, 어떤 계절에 찾느냐에 따라 그 느낌이 달라지기 때문에 남산은 자주 가도 질리지 않는 곳 중 하나이다.

아이는 오후에 남산으로 이동해 서울N타워에 불이 들어오는 것을 보는 것을 좋아한다. 너무 덥지도 춥지도 않은 오후 시간에 남산에 올라 나무들이 뿜어내는 피톤치드를 원 없이 들이마시고, 시원한 커피나 아이스크림을 먹으며 서울 시내를 내려다본다. 서서히 어둠이 깔리고 타워에 형형색색 불이 들어오면, "엄마, 저거 봐. 파란색이야!"라고 큰소리로 외친다.

무엇보다 다양한 외국인들을 만날 수 있어서 아이에겐 특별한 장소이다. "엄마, 영어사람이야."

아들은 영어를 쓰는 외국인을 만나면, '영어사람'이라고 표현했다. 아이다운 그 표현이 참 재미있었다.

남산은 이제 내 삶의 궤적과 함께하는 곳이 되었다. 연극에 매혹됐던 대학생을 거쳐, 이제는 남편이 된 남자와의 연애코스였던 그 남산을 이제 아이와 걷는다. 지금 나와 함께 이 길을 걷는 아들 또한 자기만의 남산의 추억을 만들어갈 것이다. 오랜 세월이 흐른 후 아들의 추억 속에 엄마 아빠와 함께했던 남산에서의 이야기가 밝고, 행복한 기억으로 되살아난다면 더 바랄 것이 없다. 오늘도 반짝반짝 빛나는 타워의 불빛처럼 힘들 때 떠올리는 햇살 같은 추억이 돼준다면 얼마나 고마울까.

실버영화관 입구의 인생사진실

내 나이 예순 즈음엔

서울노인복지센터

사십대에 들어서니 노후라는 단어가 낯설지 않다. 백세시대에 어떻게 하면 건강하게 내가 좋아하는 일을 하며 살 것인가, 멋지게 나이 들지는 못하더라도 추하지 않게 잘 늙을 것인가에 대한 생각을 진지하게 해보게 된다. 특히 계동으로 이사 온 후로는 그 생각이 더 자주 든다.

이 동네에는 골목 안으로 금방이라도 무너질 것 같은 낡은 한옥들이 정말 많다. 그 집의 주인은 대개 혼자 사는 노인들이다. 남아도는 시간을 주체하지 못하는 노인들은 골목 어귀에 앉기 편한 곳을 골라 이야기를 나눈다. 오며가며 들어보면 대부분은 일상적인 이야기와 자식들에 관한 이야기다.

아들과 함께 산책을 나가면 자주 볼 수 없는 손자 생각이 나서 인지 우리 아이를 불러 사탕 하나라도 쥐어주며 아는 척을 한다. 그 눈빛이 때론 어찌나 애틋한지, 이제 그만 가자고 아이의 손을 잡아 끌기가 미안해진다.

안국역 5번 출구 앞에 위치한 서울노인복지센터는 내가 노인 관련 라디오프로그램을 할 때 인연을 맺어 낯설지 않은 곳이다. 그 곳은 이른 아침부터 무료 급식을 이용하려는 노인들이 줄을 길게 늘어서고, 서울시내 노인들이 대거 모이는 장소인 만큼 노인들을 상대로 생계를 잇는 노인들을 볼 수 있다. '저런 물건을 누가 살까?' 싶은 낡은 구두와 운동화, 잡동사니들을 펼쳐 놓고 무료하게 앉아있는 어르신을 볼 때면 나도 모르게 한숨이 나온다.

도시의 삶은 여유롭지 못한 노인들의 일상을 더 적적하게 만든다. 삼청동이나 인사동에서 갤러리 투어를 하며 우아한 나들이를 즐기는 노인과 한 끼 식사를 위해 아침부터 지하철 종점에서 안국역으로 달려와 줄을 서고, 긴 줄에 새치기를 한다며 언성을 높이는 노인들이 뒤섞인다.

단 하루만 마음먹고 이 근방을 돌다보면, 노년층의 다양한 모습을 적나라하게 볼 수 있는 묘한 동네가 바로 종로일대다. 노인복

계동길 로맨스

계동길에는 혼자 사는 어르신들이 아주 많다.

지센터의 각종 프로그램을 왕성하게 이용하는 노인들이 있는가하면 비둘기 똥이 가득한 공원 한쪽에 앉아 소주병을 쌓아둔 채 퀭한 눈으로 앉아있는 노인들도 있다. 그들을 보며 생각한다. 어떻게 나이 들 것인가? 아들과 어떤 관계를 맺을 것인가?

솔직히 우리 부부는 노후 준비를 열심히 하고 있지 않다. 그 흔한 연금저축 하나도 들지 않은 이유는 그간 비정규직 프리랜서로 살아온 글쟁이 인생도 한몫했지만, 건강하게 오래 일하는 것이 곧 가장 좋은 노후준비라는 생각을 피력해왔다. 맞는 말이지만 그것도 마음처럼 쉽지는 않다. 가족 중 누구라도 큰 병에 덜컥 걸리면, 경제적인 문제와 더불어 일상이 무너지는 건 한순간임을 경험을 통해 알았다. 그래서인지 노인복지센터 앞을 지날 때면, 노후에 대한 생각에 마음이 복잡해진다.

머리카락이 하얗게 성글어진 동네 어르신들. 평생 자식을 위해 희생하며 살아온 삶, 늘그막에 집 한 채 눌러앉고 있는 노인들에게 자식들은 야박하다. 삼삼오오 모여 얘기하는 노인들은 '아들놈 사업자금 대주느라 집 내놓고 세를 산다'고 한탄하는 경우도 꽤 있다.

한 할머니는 고관절을 다쳐 오도 가도 못하게 되자, 미국에 살던 딸이 들어와 할머니의 건물을 팔고는 할머니를 모시고 갔다. 몇 달을 못 넘기고 할머니는 혼자 한국으로 돌아와 셋방을 얻어 산다는 이야기를 들었다. 자식이 인생의 전부였는데, 결국 그 자식들을 미워하며 노년의 시간을 보내고 있는 셈이다.

　나는 늙고 싶지 않다. 아니 얼굴은 비록 쭈글쭈글한 할머니가 되더라도 왕성한 호기심과 열정을 잃고 싶지 않다. 특히 나 자신이 아닌 자식에 얽매여 인생의 막바지를 외롭고 허하게 보내고 싶지 않다. 나 또한 금세 예순 되고 일흔이 되겠지만 지금의 마음을 잊지 말자고 다짐해본다.

연등축제 '전통문화마당' 에 놀러 간 아들
전통놀이와 다양한 체험, 먹거리를 즐길 수 있다.

도심 속 사찰
조계사

사촌동생이 어린나이에 암으로 세상을 떠났다. 결혼한 지 몇 년 안 된 신혼부부에 갓 태어난 아기까지, 자식이 둘이나 된다. 가장 안타까운 건 당사자의 죽음이지만, 장례식장에서 상복을 입고 앉아있는 그의 아내와 어린 자식들을 보고 있자니, 마음 한 견이 너무 무거웠다. 딱히 종교는 없지만 그들을 위해 기도를 하고 싶었다. 집으로 돌아오는 길, 나의 발길은 조계사를 향하고 있었다.

안국동 우정국로에 위치한 조계사는 대한불교 조계종의 총본산이자 도심 속 사찰로 많은 외국인들이 방문하는 곳이다. 불교신자가 아니라도 편하게 드나들 수 있고, 언제든 마음이 복잡할 때나 울적할 때, 대웅전 앞마당에 앉아 스님의 염불소리를 듣거나 초를 하나 사서 꽂고 기도를 올리기에 좋은 곳이다.

내가 처음 조계사와 인연을 맺은 것은, BBS FM 프로그램을 맡으면서 부터다. 종교방송이기 때문에 조계사에서 열리는 행사를 취재하거나 관련 소식을 접할 때가 많았다. 또 문화관광부에서 제작, 배포하는 '연등축제 DVD'의 원고를 몇 년간 직접 쓰기도 했으니, 불교와 인연이 꽤 깊다고 말할 수 있겠다.

'부처님 오신 날'이 가까워지면, 조계사는 연등회(연등축제) 준비로 바빠진다. 외국인 관광객들을 대상으로 연꽃등 만들기 신청서를 받아야하고, 전통문화마당에서 선보일 100여 개의 부스를 점검하고, 차근차근 준비해야 한다.

연등축제는 불자들이 치르는 것으로 알고 있는 사람이 많은데, 연등회는 국가무형문화재 제122호로 지정된 한국의 대표적인 문화축제다. 이 기간 동안 연등회를 즐기기 위해 방문하는 외국인 관광객만 수천 명이 넘는다.

연등회가 시작되면, 나는 아이를 데리고 조계사로 향한다. 연등축제하면 '연등행렬'을 떠올리는 사람이 많은데, 가족나들이엔 전통문화마당과 공연마당이 더 흥미롭다. 전통문화마당에는

'부처님 오신 날' 즈음이면,
조계사를 찾는 이들이 더 많아진다.
언제든 누구나 드나들 수 있다는 것이
도심 속 사찰의 매력이 아닐까.

'먹거리 살거리 마당' '나눔마당', '전래놀이마당' 등이 마련된
다.

100여 개의 부스를 돌며, 중간 중간 떡과 비빔밥, 차와 식혜같
은 음식을 먹고, 추억의 공기놀이, 딱지치기, 투호 같은 전통놀이도
즐긴다. 다리가 아플 땐 무대 위에서 펼쳐지는 전통문화공연을 보며
잠깐씩 쉰다. 축제를 찾은 아이들은 자그마한 손으로 작은 연꽃등을
만들기도 하고, 한지를 오리고 붙여 꽃이나 새를 만들어보기도 한
다. 곳곳에 아이들을 위한 캐릭터 옷을 입은 도우미와 풍선 등을 나
눠주는 사람들이 있어, 집중력이 짧은 아이들도 꽤 긴 시간동안 함
께 즐길 수 있다.

아이가 초등학생 정도라면 연등행렬이나 뒤풀이로 진행되는
'연등놀이' 까지 참석한다면 1박 2일 동안 몸의 에너지가 방전될 때
까지 방방 뛰어놀 수 있다. 도시에서 살아가는 아이들은 늘 마음껏
뛰놀고 싶은 욕구에 시달리는데, 아이들과 함께 문화공연, 전통놀
이를 한자리에서 누려보고 싶다면, 연등회 거리축제만큼 좋은 곳이
없다.

조계사는 사계절 어느 때 가도 편안하고 좋지만, 연꽃이 필 무
렵이면 조계사 경내에 수경 재배한 연꽃화분이 놓여 도시인들의 마
음을 사로잡는다. 오가다 연꽃을 본 사람들은 홀리듯 조계사로 들어

가 연꽃들 사이에서 사진을 찍는다. 연꽃을 보며 꽃처럼 환하게 미소 짓는 이들을 보면, 그냥 마음이 누그러지고 넉넉해진다. 도심 속 사찰은 여러모로 우리에게 위안이 돼준다.

올해로 개교 122주년을 맞이한 재동초등학교의 넓은 운동장

흙먼지 풀풀 날리던 운동장의 추억

재동초등학교

＊

계동에는 개교 120년이 넘은 재동초등학교가 있다. 내가 그곳을 종종 찾는 이유는 먼지 풀풀 날리는 운동장에서 아이들이 뛰어노는 모습을 볼 수 있기 때문이다. 뿌연 먼지를 뒤집어쓰고 축구를 하고 술래잡기를 하는 아이들, 놀이터에 앉아 모래놀이를 하는 꼬마들을 볼 때면 어린 날의 흑백사진을 다시 꺼내볼 때처럼 입가에 미소가 번진다.

한때 초등학교 체육 수업이 사라진다는 소식에 논란이 일었다. 입시 위주의 학교수업에서 체육 과목이 차지하는 위치가 미약하기에 예체능 수업을 없애고 그 자리에 국영수를 넣어야한다는 의견에 찬반 논쟁이 뜨거웠다.

나는 물론 예체능은 단순히 공부를 위한 과목이 아니기에 꼭 유지되어야 한다는 쪽이다. 최근에는 선진국의 사례를 들어 체육이 아이들의 집중력을 높여 학업 성취도를 높여준다는 연구결과가 발표되면서 체육 수업이 유지돼야 한다는 쪽으로 바뀌었다.

80년대 초, 내가 초등학교(당시 국민학교)에 다닐 때만 해도 각 학교마다 건물부지보다 더 큰 운동장이 있었다. 운동장은 방과 후 학생들의 신나는 놀이터가 돼주기도 했고, 등굣길 운동장을 거쳐 교실로 들어갈 때 창문에 고개를 쭉 내민 남학생들이 좋아하는 여학생을 향해 휘파람을 불거나 이름을 부르고 숨어버리는 낭만이 있었다. 학교는 단순히 공부를 하는 곳이 아니라 아이들의 감성과 인간관계를 키우는 장소이고, 당시엔 그런 역할을 충분히 했었다.

요즘에는 어떤가? 8학군의 경우 어린이집을 시작으로 유치원에 다닐 때부터 공부, 공부의 노이로제다. 아직 한글도 제대로 배우지 못한 유아들에게 영어를 가르치고, 햇볕을 쏘이며 뛰어놀 시간을 거의 주지 않은 채, 교실 수업이 끝나면 셔틀버스를 타고 학원으로 이동한다. 그런 아이들이 어떻게 건강할 수 있을까? 어린 나이에 척추에 무리가 오고, 비타민D 결핍으로 애를 먹는다.

초등학교에 들어가면 문제는 더 심각해진다. 취학 전 선행학습은 기본이고, 저학년 때부터 어학원에서 영어나 중국어를 배우고,

수학과 피아노, 취미로 수영이나 축구교실 등을 다닌다.

초등학교 저학년 자녀를 둘 정도의 부모라면 인생에 대해 모를 나이가 아니다. 공부만 해서 행복하지도 않으며, 인생에서 중요한 건 자신의 꿈과 소신, 의지 같은 것이라는 걸 깨달았을 나이인데도 아이들을 일방적으로 몰아붙인다. 많은 부모들이 대한민국의 교육정책을 비판하지만 이런 시스템에 저항하기는커녕 어떻게든 시스템에 살아남기 위해 악을 쓰는 부모들도 일조하고 있음을 잊어서는 안 된다.

아이들은 뛰어놀 때 가장 생기가 넘친다. 세상살이에 머리로만 할 수 있는 일은 적을뿐더러 신체와의 유기적인 교류가 없을 때 몸에든, 정신에든 병이 든다. 자녀를 위한다는 미명아래 행해지는 폭력들이 얼마나 많은가? 자신의 소신이 아니라 남들이 다 보내니까 아이들을 학원으로 돌리고, 부모의 의견을 자녀에게 계속 푸시하고 있다면 스스로를 먼저 돌아볼 일이다. 이게 정말 아이를 위한 것인지…남들 하는 만큼 하기 위한 발악은 아닌지 말이다.

영국에 배낭여행을 갔을 때 호스텔에 함께 묵었던 아이들 생각이 난다. 초등학생, 중학생 형제는 부모 없이 단둘이 배낭여행을 하고 있었다. 그중 어린 아이는 얼굴에 솜털도 채 가시지 않았지만, 자

기 덩치만한 배낭을 메고 형을 따라 여행을 했다. 걱정 반 호기심 반
으로 물었더니, 평소 축구를 좋아해 영국 프리미어 리그를 즐겨보았
고 직접 보고 싶어 부모님의 허락을 받아 방학동안 여행 중이라고
했다.

그때 나 역시 약간 충격을 받았음을 고백한다. 아이들과 함께
배낭여행을 나선 가족들은 심심찮게 보았지만, 이렇게 어린 아이들
이 형제끼리 여행 중인 경우는 처음 보았기 때문이다. 사실 그 아이
들보다 아이들을 기꺼이 길 위에 서게 한 부모들이 더 궁금하고 존
경스러웠다.

싱글일 땐 몰랐는데 아이를 낳고 보니, 명쾌했던 삶의 선택들
이 조금은 복잡해지는 것 같다. 내가 좋으면 하고, 싫으면 안하는 단
순했던 선택이, 아이와 우리를 위해 어떤 쪽이 더 나을지 고민하는
순간들이 많아졌다. 그러나 부부가 함께 합의한 것은 아이에게 제도
권 교육과 대안학교, 홈스쿨 등의 방법을 제안하고, 아이가 원하는
쪽으로 방향을 잡겠다는 생각이다. 막상 닥치면 또 갈등하게 될 수
도 있겠지만 공부도 자기주도적일 때 효과적이고, 어떤 일이든 스스
로 납득이 돼야 능률도 오르고 만족도도 높아진다는 것에는 이견이
없다.

이 동네에 살면서 그나마 안심이 되는 건, 아직까지는 아이들을 극성스럽게 몰아세우는 분위기는 아니라는 것이다. 그럼에도 문제는 많다. 2013년 북촌으로 몰려드는 관광객들의 주차 편의를 위해 재동초등학교 운동장 지하에 주차장을 만들자는 종로구의 제안에 학교 측이 긍정적인 태도를 보이면서 주민들이 강하게 반대했다.

올해로 개교 122년을 맞이한 재동초등학교 운동장 아래에 대형 주차장이 웬 말인지…. 지역 주민들과 학부형들의 의견을 수렴해 진행하겠다고 말했지만, 여전히 불안감은 남아있다. 만약 계획대로 진행된다면 정말 답이 없는데, 어떻게든 먼지 풀풀 날리는 학교 운동장만은 지켜주고 싶다.

낙원상가 아래에 위치한 낙원시장

낙원상가 아래를 걷다
낙원시장

낙원상가를 처음 알게 된 건 예술영화전
문 영화관 서울아트시네마가 있었기 때문이다. 그런데 이곳의 정서
가 묘했다. 상가건물 옥상에 위치한 영화관 맞은편으로 중년들이 주
로 출입하는 무도회장이 있었다. 엘리베이터를 타고 영화관으로 올
라갈 때면, 한껏 치장한 연세 드신 분들을 마주칠 때가 잦았다. 각자
엘리베이터의 귀퉁이에 붙어 선 채 어색한 기운이 감돌고, 내리자마
자 그분들은 무도회장으로 나는 극장으로 등을 돌리고 걸어갈 때의
기분이 좀 묘했다.

많은 사람들이 낙원상가를 악기상가로만 알고 있는데, 낙원상

가 지하에는 시장이 있다. 시장의 규모는 남대문시장과 비교할 만큼 크지는 않지만, 있을 건 다 있다. 신발, 옷, 잡화소모품, 야채, 작은 마트까지 갖출 건 다 갖추었다. 그중에서도 가장 붐비는 곳은 역시 음식을 파는 곳이다. 국밥, 전, 국수, 김밥 등으로 한 끼를 해결하거나 친구들과 술 한 잔 하는 노인들이 많다.

사실 낙원상가 근처의 물가는 서울시내에서 가장 저렴한 편이다. 헤어 커트가 3,500원, 머리까지 감으면 4천 원이다. 국밥 한 그릇에 1~3천 원인 곳도 있다. 주머니 사정이 풍족치 못한 이들이 밥한 끼를 먹고, 외출 기분을 내기에 더할 나위 없이 좋은 곳이다. 젊은이들이 이곳을 지나칠 땐 다소 칙칙하다는 인상을 받을 수 있지만, 이것이 한국 노인들의 현실임을 외면할 수는 없다.

나는 종종 서울극장에서 조조영화를 보고, 근처 패스트푸드점에서 햄버거와 커피를 마실 때가 있는데, 종로일대 패스트푸드점의 분위기는 다른 지점과 확연히 다르다. 이곳의 고객은 80% 이상이 노인들이다. 삼삼오오 모여 이야기를 나누거나 데이트를 하거나, 주로 투자관련 이야기를 나누는 모습이다. 유명 커피체인에 비해 다소 저렴한 커피와 먹거리를 이용할 수 있고, 장시간 앉아서 시간을 보내도 뭐라고 하는 사람이 없기 때문인 듯하다.

특별히 할 일이 없는 노인들은 패스트푸드점에서 천 원짜리 커

낙원악기상가 외관

지하의 낙원시장은 규모는 크지 않지만, 중노년층이 즐겨 찾는다.

낙원상가 4층에 위치한 실버영화관에서는 매년 '서울노인영화제'가 열린다.

'우리들의 낙원상가'를 통해 모든 세대가 함께 찾는

낙원상가로 거듭나기 위한 노력을 기울이고 있다.

피 한잔을 시켜 놓고, 번잡한 종로의 풍경을 구경삼아 시간을 보내는 것이다. 항간에는 종로 2가 맥도날드가 높은 월세에 비해 매출이 적어 문을 닫았는데, 그 원인이 노년층이 점령한 패스트푸드점이기 때문이라는 분석도 있다. 그곳을 자주 이용했던 사람으로서 일리 있는 이야기다. 천 원짜리 커피를 시키고 몇 시간씩 앉아있으니 매출은 적은데다 자리회전은 되지 않고, 그 상황이 지속되니 천정부지로 치솟는 종로의 월세를 감당하기 어려워졌을 것이다.

나는 종종 일부러 낙원상가 주변을 산책한다. 요즘 노인들은 어떤 이야기를 나누는지, 관심사는 무엇인지, 근처의 상권은 요즘 어떤지 둘러보기 위해서다. 낙원상가 뒷골목은 여전히 밤이면 여자 혼자 걷기 무서울 정도로 음습하지만, 대낮에 찬찬히 둘러보면 정말 많은 이야기가 담겨 있는 곳이다.

영화 〈죽여주는 여자〉에 등장했던 바카스아줌마가 어디서든 튀어나올 듯한 분위기지만, 천 원짜리 국밥에 머리고기를 넉넉히 얹어주는 인심이 살아있고, 대한민국 노인들의 적나라한 삶이 드러나는 곳이기도 하다. 나의 노년도 멀지 않아서일까? 이곳을 거닐 때면 복잡한 심정이 된다.

낙원상가 옥상에 위치했던 서울아트시네마는 현재 서울극장이 위치한 건물 1층으로 이전했고, 구 허리우드극장 자리에는 실버영화 관이 자리를 잡았다. 낙원상가 1층에서 엘리베이터를 타고 4층으로 올라가면, 공연을 선보이는 옥상가든이 보이고, 그 옆으로 실버영화 관과 허리우드클래식, 사춤(사교춤) 전용관이 있다.

실버영화관으로 올라가는 엘리베이터 안은 과거 영광을 누렸 던 제임스 딘, 오드리 헵번, 신성일 같은 영화배우들의 모습과 〈바 람과 함께 사라지다〉, 〈노인과 바다〉, 〈징기스칸〉 같은 영화포스터 가 붙어있어 향수를 자극한다. 또 매표소 옆에는 종로의 '착한 싼집' 지도가 붙어 있어, 영화를 본 후 저렴하게 식사와 이발, 커피를 마실 수 있는 곳들을 알려준다. 이곳은 젊은이들의 모습은 뜸하지만 평 일, 주말 할 것 없이 노인들의 발길이 이어진다.

낙원상가의 외관은 말 그대로 허름하다. 고급 레지던스가 옆에 있어서 더 칙칙하게 느껴지는 게 사실이지만, 4층에 실버영화관과 공연장이 생기면서 분위기 전환을 꾀하고 있다.

언론에 매년 소개돼도 아직은 모르는 사람이 더 많지만, 실버 영화관에선 2008년부터 매년 '서울노인영화제'가 개최된다. 또 올 해 7월부터 10월까지 '우리들의 낙원상가'라는 타이틀로 재즈페스 티벌, 스윙 빅밴드의 공연과 더불어 〈라라랜드〉, 〈너의 이름은〉, 〈비 포 선라이즈〉 같은 젊은이들에게 친근한 영화를 상영해 젊은이들의 관심을 이끄는 행사도 치러졌다.

가끔 낙원상가에서 마주치는 젊은이들은 대개 악기를 보러오는 사람이 대부분인데, 좀 더 많은 사람들이 이곳을 찾아 노인들과 소통하고, 한국 노인들의 현주소를 보고 느낀다면 좋겠다. 그들도 젊고 화려한 시절이 있었고 우리 또한 늙어갈 것이 분명하니까.

서울 민속문화재로 지정된 '백인제 가옥' 의 솟을대문

사대부가 살던 집

백인제 가옥

계동에 살 때 자주 이용하는 빵집을 가려
면 늘 지나가는 골목이 있었다. 그 골목에는 담장이 아주 높아 그곳
에 사람이 사는지 어떤지 볼 수 없는 대저택이 있었다. 항간에는 모
기업 회장님이 살고 있다는 소문도 있었고, 박원순 시장이 이 집을
샀다는 소문도 있었다. 주인이 누구든 집터 한 번 넓다는 생각이 들
었고, 이런 곳에 사는 사람은 나와는 다른 세상 사람이겠지…라는
생각을 하기도 했다.

어느 날부터 이곳에 가림막이 설치되더니 공사 안내판이 붙었
다. 국내 의술계에 족적을 남긴 백인제 선생의 가옥을 시민에게 공
개하기 위해 공사를 한다는 거였고, 사업주체는 서울시였다. 그즈음

관련 신문 기사도 나왔다. 왜 박원순 시장이 이 집을 샀다고 소문이 났었는지 그제야 의문이 풀렸다.

2015년 11월 일반에 공개된 북촌 백인제 가옥은 1913년에 건립한 근대 한옥의 양식을 갖춘 대표적인 일제강점기 한옥이다. 압록강 흑송을 사용해 지었다는 이 저택은 안채와 사랑채가 복도로 연결돼 있고, 가장 안쪽의 높은 곳에 별당채가 위치해있다. 백인제 가옥이라고 불리지만 백인제 선생은 이 저택을 소유한 세 번째 주인으로 한옥을 지은 원래 주인은 아니다. 건축적 역사적 가치를 인정받아 1977년 민속문화재 제 22호로 지정되기까지 주인이 세 번이나 바뀌었다.

'백인제 가옥'을 찾았을 때 가장 먼저 눈에 띈 것은 높은 계단 위의 대문간채다. 대문 위에 기와를 올린 솟을대문 형식으로 저택에 들어서기 전부터 시선을 압도한다. 계단을 올라 대문을 들어서면 다시 담장과 작은 문이 보이고, 그 안으로 들어가면 좌측으로 안채와 사랑채가 있고 오른편으로 잘 가꿔진 정원이 있다.
정원의 녹음에 감탄하며 사랑채 마루에 앉아 시선을 들면 서울 N타워를 비롯한 북촌의 전경이 눈에 들어온다. 백인제 가옥이 워낙 높은 곳에 위치해있기 때문에 전망이 정말 좋았다.

백인제 가옥의 가장 안쪽 높은 곳에 위치한 별당채

안채의 거실을 통해 사랑채로 연결돼있다.

정원으로 난 작은 길을 따라 뒤편으로 올라가면 가장 안쪽 높은 곳에 별당채가 나오는데, 이곳이야 말로 신선놀음하기에 딱 좋은 장소다. 백인제가옥이 내려다보이고 북촌의 풍경도 한 폭의 그림처럼 들어와 탄성이 절로 난다.

세월이 지나 우리가 보는 백인제 가옥은 화려하고 멋지지만 실제 백인제 선생과 그 가족들에겐 많은 아픔으로 기억되는 장소라고 한다. 사랑채 한쪽에 백인제 선생 유족들의 인터뷰를 볼 수 있는 공간이 마련돼 있는데, 영상 속의 유족들은 백인제 선생과 가족들이 겪었던 일화를 이야기하며 눈물을 보인다.

생각해보면 집이란 겉으로 보는 것과 실제 그곳에 사는 것은 전혀 다르다. 우리는 저택의 규모나 꾸밈새에 감탄하지만 백인제 선생의 유족들에겐 다시 오기에도 두려운 아픔의 장소인 것처럼 말이다.

북촌 한옥마을을 찾는 이들의 이야기를 들어보면 한옥들이 즐비한 골목길을 걷는 즐거움도 있지만, 그 안에 들어가 보고 싶은 욕심이 생긴다는 것이다. 물론 '한옥 체험살이'라고 해서 둘러볼 수 있는 곳들이 꽤 있지만, 당시 사대부들이 살았던 제대로 된 한옥을 볼 기회는 적다. 북촌 한옥마을의 한옥들은 대개 보급형 한옥으로 과거 우리 조상들이 말하는 진정한 한옥으로 볼 수 없다는 지적도 있는 것이 사실이다.

만약 당시 부자들이 살았던 제대로 지은 넓은 한옥이 궁금하다면 고민할 것 없이 북촌의 '백인제 가옥'을 찾아가면 된다. 관람료도 무료, 마루에 앉아 허송세월을 보내도 누구 하나 뭐라고 하는 사람이 없는 여유자적한 곳이니 천천히 둘러보며 사대부 흉내를 내보는 것도 괜찮을 것 같다.

동대문DDP에 출몰한 뽀로로

동대문엔 로봇이 산다

동대문DDP

사람들이 동대문을 찾는 이유는 매우 다양하다. 동대문을 추억하는 이야기도 연령대별로 다르다. 우리 아버지 세대들은 동대문하면 이제는 사라진 동대문경기장을 떠올리고, 70, 80년대에 태어난 이들은 쇼핑의 메카로 동대문을 기억한다. 친구들과 어울려 옷을 사러 갈 때 동대문을 누볐기 때문이다. 그럼 요즘 아이들은? 아마도 동대문DDP(동대문디자인플라자)로 기억할 확률이 높다.

2014년 3월 개관한 동대문DDP는 'dream', 'design', 'play'의 앞 글자를 따서 붙인 이름이다. 꿈꾸고 만들고 누리는 동대문디자인플라자라는 슬로건 아래 다양한 전시, 박람회, 행사 등이 열리는 곳이다.

처음 동대문DDP의 건물을 본 사람들은 외계 비행물체 같다고 말을 하는데, 독특한 외관의 건축물은 유명 여성 건축가 '자하 하디드'가 설계한 작품이다. 당시 동대문운동장을 허물고 그 자리에 동대문DDP가 들어섰을 때의 논란을 기억한다. 역사가 깃든 동대문운동장을 없애고 이상한 건물을 지었다고 화를 내는 노인들이 내 주변에도 많았기 때문이다.

이제 개관한지 만 3년이 넘었는데, 동대문DDP를 자주 방문하는 입장에서 말한다면, 장점이 꽤 많은 곳이다. 동대문DDP는 알림터, 배움터, 살림터, 디자인장터, 어울림광장까지 총 5개의 시설로 나뉜다. 알림터엔 국제회의장이 있어서 대형 박람회 등이 열리고, 배움터엔 디자인박물관과 전시관, 디자인둘레길이 마련되어 있고, 각종 전시회가 열린다. 또, 살림터에선 디자인관련 상품들을 판매하는 숍들, 키즈카페, 체험공간이 있고, 어울림광장엔 동대문DDP를 찾는 이들을 위한 식당, 편의점, 카페들이 자리해있다.

아들이 동대문DDP를 처음 찾은 건 두 살 무렵이다. 계동을 비롯한 땅값이 비싼 종로에는 이렇다 할 키즈카페가 없었고, 동대문DDP에 친환경 키즈카페가 생겼다는 소식을 접하고 찾아가게 됐다.

여성건축가 '자하 하디드'가 설계한 동대문DDP의 외관

동대문DDP에선 다양한 문화체험과 전시를 만날 수 있다.

엄청난 크기의 대형 로봇을 보고 흥분한 아들

인테리어와 소품이 모두 나무로 돼있는 키즈카페에서 아들은 자동차를 타고, 블록을 만들고, 미끄럼틀을 타며 놀았다. 자주 가보니 굳이 돈 내고 키즈카페에 가지 않아도 동대문DDP엔 아이들을 풀어놓을 만한 공간이 넉넉했다.

갑갑한 실내에서 오래 있지 못하는 아이들은 넓게 트인 광장을 뛰어다니며 조형물도 보고, 사람들도 구경하고, 바람도 맞으며 즐겁게 놀았다. 비눗방울이나 풍선을 하나 손에 쥐어주면 한동안 엄마도 찾지 않고 잘 논다. 이제는 입소문이 나서인지 아이들과 동대문DDP를 찾는 가족들은 계속 늘어나는 추세다.

동대문DDP의 매력은 다양하게 활용되는 야외 공간들인 것 같다. 건물과 건물 사이에서 디자인장터가 열리기도 하고, 살림터와 배움터 사이 공간은 여름엔 물놀이, 겨울엔 눈썰매를 탈 수 있는 곳으로 변신한다. 사전참여 신청을 해야 수월하게 이용할 수 있다는 점을 제외하면, 도심 속의 놀이공간으로 손색이 없다. 멀리 자동차를 타고 가지 않아도 야외 물놀이와 눈썰매를 탈 수 있으니 얼마나 좋은가.

또 하나, 동대문DDP의 야외 공간엔 종종 아이들이 좋아하는 캐릭터들이 출동한다. 내가 자랄 땐 태권V가 인기였는데, 요즘 아이들은 또봇, 카봇에 열광한다. 한번은 동대문DDP에 갔다가 뽀로로를 만났고, 어떤 날은 타요버스가 전시돼 있고, 또 하루는 대형 또봇이 세워져있었다. 그날 아들은 "엄마, 또봇이야~. 또봇!"을 수차례 외치며 눈이 동그래져서는 계속 사진을 찍어달라고 졸랐다.

그날 이후 아들은 종종 동대문에 로봇을 보러가자고 졸랐다. 지금은 조금 컸다고 자주 떼를 쓰진 않는데, 아이에게 동대문은 '재미있는 것들이 모여 있는 곳'이다. 특히 방학시즌이 되면 아이들을 위한 전시와 다양한 체험프로그램이 마련되기 때문에, '오늘은 또 아이랑 어디를 갈까?' 고민할 필요 없이 동대문을 향하게 된다. 동대문디자인플라자에서 지칠 때까지 놀다가 피자를 먹고, 동대문 완구골목에 가서 장난감 하나를 쥐어주면 아이는 세상에서 제일 만족스런 표정을 짓곤 한다.

동대문DDP가 지어졌을 때의 논란을 다시금 생각해본다. 도심 속 건축물은 주변의 경관과 어울리는 외관도 중요하지만, 그 공간이 사람들과 어떻게 어우러지는가 또한 중요한 것 같다. 아무리 훌륭하고 아름다운 건축물이라도 그곳을 찾는 사람들이 즐거움 대신 불편함을 느끼고, 단순히 보기에만 멋진 공간이 된다면, 좋은 건축물이라고 할 수 없을 것이다.

그 옛날 동대문운동장 시절의 추억은 희미해져가지만 동대문DDP를 드나들며 본 전시들, 아이가 누리는 다양한 문화혜택들을 생각하면, 동대문의 변화가 그리 나쁘지 않다는 생각이 든다. 도심 속 건축물은 그 도시의 사람들이 그 정체성을 만들어가는 셈이니, 동대문DDP의 진가는 세월이 지나면 자연스레 드러날 것이라 믿는다.

대학로 마로니에공원에서 열리는 마르쉐

계동길 로맨스

중고품들의 잔치
북촌프리마켓 & 대학로 마르쉐

　　해외여행을 가면 그 지역의 시장과 중고 품을 사고파는 골동품마켓 같은 곳을 찾아간다. '나 신상이야' 라는 티가 역력한 새 물건을 살 때의 즐거움도 있지만, 누군가 쓰다가 내놓은 손때 묻은 중고품을 보는 재미가 쏠쏠하기 때문이다. 시간을 들여 잘만 고르면 시중에선 살 수 없는 귀한 물건을 득템하는 행운을 누릴 수도 있다.

　　우리나라의 경우도 몇 해 전부터 프리마켓, 직접 만든 식료품이나 공예품을 사고파는 마르쉐가 활성화되고 있는데, 계동길에서도 종종 중고 소품이나 그릇을 사고파는 북촌프리마켓이 열리곤 했다. 주로 유동인구가 많아지는 주말 토요일에 열리는 경우가 많았는데, 중앙고에서 계동길을 따라 안국역까지 걸어가면서 좌판에 놓인 장난감, 액세서리, 그릇들을 보는 재미가 있었다. 천원, 이천 원짜리도 많아서 부담 없이 이용할 수 있었는데, 아들은 언제나 장난감을, 나는 그릇이나 작은 소품을 주로 골랐다.

최근의 프리마켓이나 마르쉐는 SNS를 통해 공지되는 경우가 많다. 작은 행사들을 일일이 찾아보기엔 현대인들은 너무 바쁘고, SNS를 통해 홍보를 하면 스치듯 보고도 한번쯤 가보고 싶은 마음이 들기 때문이다.

대학로 마르쉐와 만추장도 SNS를 통해 접하고 장이 설 때마다 거의 찾아가는 편이다. 만추장은 디자인관련 브랜드들이 모여 여는 프리마켓으로 옷, 에코백, 그릇, 책 등을 판매하는데 개장부터 많은 이들의 발길이 모여든다. 그릇이나 디자인 상품에 관심이 많다면 추천할 만한 프리마켓이다.

혜화동 마로니에 공원에서 열리는 대학로 마르쉐는 먹거리를 파는 곳이 주를 이루고 인기를 끌지만, 여행 중 사온 외국의 수공예품, 캔들, 디퓨저 같은 것들도 판매한다. 슬슬 구경하다 배가 출출하면 빵이나 샐러드, 커피를 사서 마로니에 공원에 앉아 먹으며 쉴 수도 있다.

나는 아들과 대학로 마르쉐를 찾곤 하는데 실내에선 갑갑해 오래 견디지 못하는 아이도 마로니에 공원에 선 장터는 호기심에 찬 눈으로 본다. 보다가 궁금한 건 "이건 뭐야, 엄마?"라고 묻기도 하고, 자기가 좋아하는 케이크를 발견하면 얼른 사자고 조르기도 한다.

사실 대학로는 나와 인연이 꽤 많은 곳이다. 극작을 전공한 나에게 소극장이 모여 있는 대학로는 연극에 빠져있던 젊은 한때를 소환하는 장소이고, 동기들과의 추억이 곳곳에 배어있는 곳이기도 하다. 아르코예술극장을 매주 찾던 시절도 있었으니, 아들이 아르코예술극장 앞 마로니에공원에서 비눗방울놀이를 하며 즐거워하는 모습을 볼 때면 기분이 묘해진다.

대학로에 갈 땐 혜화동로터리에 위치한 동양서림에도 잠깐 들른다. 화가 장욱진 선생의 아내가 생계를 위해 차렸다는 이 서점은 생긴지 100년이 넘는다. 지금은 후손들이 동양서림의 운영을 맡고 있는데, 책을 만들고 파는 일 자체가 불황 중의 불황인 시대에 100년 넘게 서점을 운영한다는 건 정말 대단한 일이다. 돈이나 의지만 가지고 할 수 있는 일의 범주를 넘어서는 것이다.

대형서점이나 인터넷서점의 각종 할인에 익숙해지다 보니 작은 서점에서 정가에 사는 책은 뭔가 손해 보는 느낌이 들기도 할 것

혜화동 로터리에 위치한 동양서림. 역사가 100년이 넘는다.

먹거리, 볼거리, 살거리가 풍성한 프리마켓이 늘어나는 건 반가운 소식

이다. 그러나 길게 보면 동네서점들이 살아남아야 책의 유통라인도 더 넓어지고, 우리가 책을 사거나 접할 기회도 더 많아지지 않을까. 그러니 동네서점에선 무조건 책 한 권이라도 사서 나왔으면 좋겠다.

독립출판물을 중심으로 열리는 프리마켓도 있는데, '세종예술시장 소소'가 바로 그것이다. 일상과 예술이 만나는 시장, 누구나 예술가가 되어 참여할 수 있는 시장을 슬로건으로 열리는 '세종예술시장 소소'는 독립출판물 뿐만 아니라 음악공연, 퍼포먼스, 회화, 엽서, 수공예품 등 다양한 작품들을 전시, 판매하는 프리마켓이다.

'소소'라는 이름에서 느껴지듯이 손으로 만든 실 팔찌, 직접 그린 작은 그림도 판매가 가능하다. 여러 번 가봤는데 갈 때마다 참가자들이 달라서 다양한 작품, 소품들을 만날 수 있었다.

'세종예술시장 소소'는 무더운 여름인 7, 8월을 제외하고 매월 첫째, 셋째주 토요일에 세종문화회관 뒤뜰 예술의 정원에서 열린다. 아이를 동반할 경우엔 프리마켓을 둘러본 후 카페에서 아이스크림을 하나 먹고, 광화문광장의 분수대나 대형서점, 청계천을 둘러보면 하루 나들이코스로 손색이 없다.

계동길의 터주대감이었던 문화당서점. 지금은 사라져 그 모습을 볼 수 없다.

계동길 로맨스

서점이 있던 자리
문화당 서점

나에겐 자그마한 문구점에 대한 향수가 있다. 찻길을 사이에 두고 학교 정문과 마주하던 작은 문구점. 등굣길 아이들이 줄을 서서 준비물을 소리쳐 외치고, 하굣길 아이들이 옹기종기 앉아 뽑기를 하고 불량식품이 분명했을 고동색의 젤리를 사먹던 풍경. 시골 초등학교 앞에 자리한 문구점은 말 그대로 문전성시, 우리들의 성지였다.

계동길에 유일하게 남아있던 문구점, 문화당 서점이 문을 닫았다. 내가 처음 이사 왔을 때만 해도 작은 문구점이 두개나 있었는데, 어느 날 문구점 하나가 피자집으로 바뀌더니, 인근 학생들에게 학습서와 문구를 팔던 문화당서점까지 문을 닫았다. 그 자리엔 24시 편의점이 들어섰고, 문을 연 편의점은 무슨 사정인지 금세 문을 닫더니, 모던한 분위기의 이층짜리 카페가 자리를 잡았다.

옛 모습을 간직한 동네가 하루가 다르게 상업화돼가는 모습을 지켜보는 건 그리 달갑지 않다. 소위 북촌 보존지구라면서 보존은 한옥에 한정돼있는지, 상가건물에 대한 인허가는 허술해 3킬로미터 남짓한 계동길에 하루가 멀다 하고 카페가 문을 연다. 나도 커피를 좋아하는 카페 마니아지만, 요즘은 너무 심하다는 생각이 든다.

북촌 보존지구로 계동길이 남아있는 이유가 따로 있을 텐데, 옛 모습을 간직한 고즈넉한 동네에서 시도 때도 없이 이어지는 인테리어 공사 소음, 그 자리에 여지없이 들어서는 카페와 옷가게들을 보고 있노라면 나도 모르게 눈살을 찌푸리게 된다. 이렇게 잃은 거리가 한둘이 아니기 때문이다.

삼청동만 해도 그렇다. 처음엔 예술가들이 운영하는 작은 공방들이 즐비한 곳이었는데, 삼청동 메인도로에 대형 카페 체인들이 들어오기 시작하더니, 이제 옷가게, 화장품, 신발가게가 태반이다.

거리의 상업화는 단순히 볼거리의 사라짐에 그치지 않고, 오랫동안 그곳을 지켜온 거주민들과 상점주들을 내쫓는 원인이 된다. 사람들이 몰려드니 신규 입점하려는 가게들이 생기고, 건물주들은 너

오래된 철물점이 헐리던 날의 기록

계동길의 명물이던 중앙탕도 2014년 11월 16일을 끝으로 문을 닫았다.

도 나도 세를 올려 받는다. 결국, 주거지역까지 치고 들어오는 가게들 때문에 거주민들의 불만은 커지고, 부동산 가격이 올랐을 때 집을 내놓고 이사를 가기도 한다.

그뿐인가. 오래전 사람들의 발길이 적을 때부터 장사를 해오던 사람들이 집주인의 세 올리기 횡포에 두 손 두 발 들고 더 싼 곳을 찾아 떠나간다. 그 자리는 여지없이 대기업 체인들이 들어오고, 작은 공방들을 보며 산책하기 좋았던 거리는 쾅쾅거리는 음악과 소음이 난무하는 상점거리로 바뀌어간다.

내가 한창 배낭여행을 다닐 때 유럽의 유명 관광도시들이 부러웠던 점은 뛰어난 건축물이나 도시의 화려함이 아니었다. 자신들의 역사나 오래된 것들을 소중히 다루고 보존하려는 정책과 노력이었다.

관광정책이라는 미명아래 아기자기한 거리들을 고층건물 즐비한 곳으로 바꾸는 것은 누구를 위한 것인가? 사람이 모이게 하는 것은 의외로 단순하다. 사람들이 걸으면서 보고, 먹고, 즐길 수 있는 거리를 많이 조성하면 된다. 유럽의 뒷골목까지 찾아가는 관광객들은 교통이 불편하다고, 골목이 좁다고 투덜대지 않는다. 그 자체를 재미로 즐긴다.

대한민국의 서울은 어떤가? 내가 살고 있는 사대문 안에서만 해도 종로의 거리가 대부분 사라져 고층건물이 들어섰고, 고궁 주변의 몇몇 거리들이 그나마 남겨져있다. 고궁 인근의 보존정책이 무색하게 경복궁 근처에 대기업 호텔이 들어설 거라고 해서 거주민들이 격렬히 반대했다. 여론이 안 좋아지면서 일단은 무산됐지만, 언제든지 고개를 들고 나올 여지가 있다.

관광객들은 한국의 과거와 현재, 미래를 가늠할 수 있는 역사나 개성을 보러 오는 것이지, 고층빌딩을 보러 오는 것이 아니다. 그것만 기억해도 무분별한 건축허가는 지양할 수 있을 텐데, 너무나 안타까울 뿐이다.

골목길은 많은 이야기를 담고 있다.

⚙ 계동길 로맨스

내가 사랑한 골목들

　　아마도 우리세대가 '골목'에 대한 정서가 남아있는 마지막 세대가 아닐까싶다. 우리가 어릴 땐 골목마다 아이들이 제기를 차고, 딱지를 치고, 술래잡기를 하는 모습을 볼 수 있었다. 개발 붐과 함께 동네들이 헐린 자리엔 아파트와 고층빌딩이 들어섰고, 그 많던 골목들은 자취를 감추었다.

　　서울 사대문 안은 말할 것도 없다. 고층 건물이 들어서면서 종로 피맛골이 사라졌고, 걷기 좋은 골목들이 사라졌다. 그나마 남아 있는 곳이 북촌과 서촌이고, 그래서 사람들이 골목을 찾아 걷기 좋은 곳을 찾아 이곳을 찾는 거라고 생각한다.

나만해도 고층빌딩이 많은 곳을 가면 편안함보다는 긴장부터 하게 된다. 블록처럼 세워진 고층빌딩 숲 사이를 걷는 건 때론 위압감까지 든다. 무엇보다 고층건물 안으로 들어가야 식당과 카페가 있고, 사람들의 모습을 볼 수 있다.

골목을 그렇지 않다. 골목길은 집들의 대문을 그대로 보여주고, 담장 너머로 들리는 소리, 냄새를 통해 '그곳에 사람이 사는구나' 라는 안도감을 준다.

저녁 무렵 골목길을 걸으면, 집집마다 하나 둘 불이 켜지고 저녁을 준비하는 소리, 누군가 이야기를 나누는 소리, 말다툼을 하거나 크게 웃는 소리들이 들려온다. 덕분에 컴컴한 골목을 걸을 때에도 불안한 마음이 줄어든다.

내가 가장 좋아하는 건 골목길에서 만나는 아기자기하고 정겨운 모습들이다. 아파트 단지에는 잘 조성한 정원이 있지만, 골목길로 이루어진 동네에는 집집마다 주인의 개성이 드러나는 화분들이 놓여있다. 어느 집은 봉선화를 키우고, 어떤 집은 담쟁이가 집을 덮을 만큼 자라서 미야자키 하야오의 애니메이션에 나오는 집처럼 보이기도 한다. 대문 앞에 내어놓은 쓰레기만 봐도 그 집 주인의 성격을 가늠해볼 수 있다. 분리수거를 완벽하게 해놓은 집이 있는가하면, 남들이 보든 말든 쓰레기를 지저분하게 쌓아놓은 집도 있다.

계동의 흔한 골목길. 대문 앞만 보아도 집주인의 개성이 엿보인다.

저녁 산책 때 자주 걸었던 윤보선길

북촌의 한옥지구는 관광객들의 소음과 쓰레기로 몸살을 앓고 있지만, 골목을 그리워하는 이들에게 종로의 오래된 골목들은 지켜주고 싶은, 절대 사라지지 말았으면 하는 소중한 길이다. 거주민 입장에서만 생각하면 북촌과 서촌이 유명해지고, 사람들의 발길이 늘어 관광지화 되는 게 전혀 달갑지 않을 것이다. 낯선 타인들이 그들의 일상을 침해하는 일들이 더 잦아질 테니까.

　　오래된 골목을 보존하려는 서울시의 정책과 더불어, 그곳을 찾는 이들이 골목의 정취를 훼손하지 않고, 사람이 사는 주거지라는 사실을 잊지 않고 매너를 지켜준다면, 더 오래 우리가 이 길들을 걸을 수 있을 거라고 믿는다. 소중한 것일수록 더 자주 만나고 더 아껴야 우리 곁에 오래 머물 테니까.

〈2부・서촌〉

서촌은 겸재 정선, 추사 김정희,
윤동주 시인 등, 예인들이 살았던 곳으로
그 흔적들이 남아있다.
세종대왕이 나고 자란 곳이라 하여
'세종마을'이라고 불리기도 한다.

청와대사랑채 앞 분수광장. 인근 주민들의 휴식처로 사랑 받고 있다.

광장의 맛
청와대사랑채

남자아이를 키우는 일은 주체할 수 없는 에너지를 발산시키는 일이다. 아들이 커갈수록 안전하고 넓은 장소에서 신나게 몸을 놀릴 기회를 더 자주 가질 수밖에 없다. 나도 역마살이 많아 집에 하루 종일 있는 걸 못 견디는 성격인데, 아이도 "밖에 나가자"는 말을 달고 산다. 어찌 보면 모전자전.

서촌으로 이사 온 후 가장 먼저 한 것은 아이가 마음 놓고 뛰어놀 안전한 장소를 찾는 것이었다. 계동에 살 땐 중앙고 운동장이나 대동세무고등학교 운동장을 주로 이용했는데, 서촌에선 어디로 가야할지 몰랐다. 물론 주변에 청운초등학교를 비롯한 여러 학교들이 운집해있지만, 학교는 저녁 6시면 문을 닫거나 주말엔 이용할 수 없는 곳도 있었다.

저녁을 먹고 나면 산책을 가거나 킥보드를 타고 싶어 하는 아이, 주말마다 아빠와 공놀이를 하고 싶다는 아이와 찾아간 곳은 청와대사랑채 앞 분수광장이다. 이 광장은 주로 청운동, 효자동 주민들이 운동을 하고, 개를 산책시키고, 아이들과 배드민턴을 치거나 자전거를 타기위해 모이는 곳이다.

특히 여름날 저녁이면 열대야를 피해 밖으로 나온 할머니들이 삼삼오오 모여 앉아 부채질을 하며 아이들이 뛰어노는 모습을 지켜본다. 아이부터 노인까지 인근 주민들이 서로 어울려 무더운 여름밤의 열기를 식히는 곳이기도 하다.

내가 어렸을 땐 아이들이 모여서 놀면 그곳이 곧 놀이터였는데, 4차선 도로가 즐비한 서울 사대문 안에선 아이들이 놀만한 안전한 공간이 턱없이 부족하다. 물론 고궁들이 모여 있지만 산책을 하는 정도이지, 고궁 안에서 축구나 야구를 할 수는 없는 노릇이다.

청와대사랑채 앞 분수광장은 중국인 단체관광객들이 사진을 찍은 필수코스이기도 하다. 분수대 뒤로 청와대와 북악산이 보이는데, 계절과 날씨, 시간대에 따라 다른 모습을 보여준다. 어떤 날은 유럽의 하늘처럼 맑은 하늘을, 또 어떤 날은 영화〈다크나이트〉에 등장할 것 같은 검은 구름이 가득차기도 한다.

계동길 로맨스

청와대사랑채 외관

관광객들을 위한 기념품shop

대통령 집무실 체험

광장은 뜨거운 한낮엔 모두를 녹일 것처럼 따갑다가도 해가 지고 나면 산에서 불어오는 바람으로 가슴을 시원하게 만들어준다. 분수광장에서 놀다가 목이 마르면, 청와대사랑채 1층 카페에서 커피를 마시거나 빙수를 먹을 수도 있다.

인근 주민들에겐 놀이공간인 청와대사랑채지만, 지방이나 외국에서 온 관광객에겐 볼거리를 제공하는 공간이기도 하다. 1층엔 '한국관광전시실'과 '기획전시실'이 있고, 2층엔 '청와대관'과 '행복누리관'이 마련돼 있다. 기획전시실의 전시는 때마다 다른 전시가 열리고, 한국관광전시실엔 창덕궁, 조선왕릉, 종묘, 해인사 장경판전, 경주 역사유적지구, 제주 화산섬과 용암동굴 등, '한국의 세계유산'들을 한눈에 볼 수 있도록 전시해놓은 공간이다. 외국에서 친구가 왔을 때 둘러보고 가보고 싶은 곳을 고르라고 하기에도 괜찮은 곳이다.

2층 청와대관에는 전현직 대통령의 모습, 청와대 VR체험, 대통령 집무실 체험, 경호 소개 등을 해놓은 곳인데, 아이들은 청와대 VR체험을 즐거워한다. 스톱모션으로 사진을 찍은 후 아이디와 비밀번호가 적힌 기념카드를 주는데, 지정된 인터넷사이트에서 사진을 다운받을 수 있다. 아들도 이곳에서 찍은 사진을 몇 장 가지고 있다.

문재인 대통령 취임 후 청와대사랑채 앞 분수광장을 찾는 이들이 더 많아졌다. 문대통령이 출근길에 시민들과 만나 악수를 하던 장소가 바로 이곳이기 때문이다. 저녁 8시 이후엔 통제되던 청와대 앞길이 24시간 개방되면서 삼청동에서 청운동으로, 청운동에서 삼청동으로 이동하는 사람들의 발길도 늘었다.

청와대사랑채 앞 분수광장 건너편에는 무궁화동산이 있다. 말 그대로 무궁화나무가 많이 심어져 있어, 꽃이 피는 시기엔 우리나라 국화(國花)인 무궁화꽃을 원 없이 볼 수 있다. 무궁화동산 안에는 각종 운동기구와 정자가 마련돼 있어 인근 주민들이 운동을 하거나 정자에 앉아 휴식을 취하는 모습을 흔히 볼 수 있다.

'청와대 앞길은 지나다니지 못하는 줄 알았다'는 이들이 많다. 운전을 업으로 삼는 택시기사들 조차 그렇게 아는 경우가 있다. 이전에도 저녁 8시까지는 누구든 지나다닐 수 있었고, 이젠 24시간 개방돼 언제든 오갈 수 있는 도로가 됐다. 대통령이 머무는 청와대가 특별한 곳임엔 분명하지만, 국민들은 전혀 모르도록 배제되거나 비밀스런 공간이 되어선 안 된다고 생각한다.

이제 '열린 청와대'를 지향하는 시작단계에 있지만 정권이 바뀌면 또 어떻게 달라질지 아무도 모른다. 지금까지 늘 그래왔으니까. 어쨌든 외국의 경우를 보더라도 대통령이 머무는 곳은 좀 더 공개되고 국민들과 소통하는 공간이 될 필요가 있다.

인근 주민들의 휴식처, 무궁화동산

엽전도시락으로 유명한 통인시장 입구

엽전도시락이 뭐예요?

통인시장

집 가까이에 시장이 있다는 건 여러 모로 편리하다. 계동길에 살 땐 마땅히 장볼 곳이 없어서 대형마트의 배송서비스를 이용하거나, 버스를 타고 낙원시장에 가곤 했다. 그런데 3년 전 서촌으로 이사를 한 후에는 그럴 필요가 없다. 반찬가게부터 야채, 정육, 청과, 건어물까지, 웬만한 찬거리를 모두 살 수 있는 '통인시장'이 지척에 있기 때문이다.

통인시장은 경복궁역에서 자하문터널 방향으로 직진하다보면 좌측에 시장을 알리는 큰 간판이 보인다. 둥근 돔 형식으로 천장을 막아 비가 오는 날에도 우산 없이 장을 볼 수 있다. 나는 이곳에서 갓 담은 열무김치나 반찬을 주로 구입하고, 가끔 출출할 때 만두, 김밥, 떡볶이 같은 간식을 사러 들른다.

통인시장에서 가장 유명한 것은 '기름떡볶이'와 '엽전도시락'이다. 기름떡볶이는 방송에도 수차례 소개돼서 다양한 연령대의 사람들이 독특한 떡볶이를 맛보기 위해 찾아온다. 기름떡볶이는 얇은 가래떡을 기름에 튀기듯이 볶는 것인데, 오리지널과 빨간 양념을 두른 매콤한 맛, 두 가지가 있다. 한국 사람이라면 누구나 예상하겠지만, 매콤한 맛이 훨씬 더 인기가 많다. 물론 아직 매운 맛에 익숙하지 않은 꼬마들은 맵지 않은 기름떡볶이를 좋아한다.

엽전도시락은 한 개에 500원인 엽전을 구입해 도시락에 자기가 먹고 싶은 반찬이나 간식꺼리를 채워 즐기는 것이다. 자주 들러본 사람으로서 느끼기엔 각종 나물과 전, 계란말이, 기름떡볶이가 엽전도시락의 인기절정 메뉴들이다.

간혹 처음 온 사람들은 도시락을 들고 시장통에 서서 먹기도 하는데, 시장 중간쯤에 가면 '도시락카페'라는 곳이 있다. 이곳에서 도시락과 엽전을 구입할 수 있고, 반찬을 고른 후 돌아가면 밥과 국을 받아 테이블에 앉아서 식사를 할 수 있다. 최근에는 대형버스를 타고 온 단체관광객들이 엽전도시락을 즐기는 모습을 자주 볼 수 있다.

시장통 중간에 마련된

도시락카페. 2층으로 올라가면 밥과 국을 받아

앉아서 식사를 할 수 있다.

도시락카페 가맹점 표시가 있는 곳에서 엽전을 주고 음식을 구입한다.

나도 가끔 도시락카페를 이용한다. 집근처에 친구들이나 손님이 오면, 재미삼아 엽전도시락을 함께 먹기도 하고, 도심에서 점점 사라져가는 시장의 풍경을 보여주기 위해 한 바퀴 돌아보기도 한다.

한 가지 아쉬운 점은, 통인시장의 경우 워낙 많은 사람들이 방문을 하다보니까, 관광객 위주의 먹거리로 시장이 꾸려진다는 것이다. 예전에는 야채나 생선, 과일을 파는 곳이 더 있었지만, 엽전도시락이 각광을 받으면서 도시락 반찬을 만들어 파는 상점들이 대거 늘어났다. 물론 관광 삼아 온 사람들에겐 장점이지만, 인근 거주자들에겐 시장을 찾아갈 이유가 점차 줄어드는 셈이다.

그럼에도 불구하고 나는 시장이 좋다. 어렸을 적 시장에 가는 엄마를 따라나서며 오늘은 새 옷을 사주지 않을까? 라는 기대를 품고, 갓 찐 호빵이나 달달한 간식을 특식으로 먹으며 엄마 손을 꼭 잡고 걷던 기억이 새록새록 하다.

외국으로 여행을 갈 때도 그곳의 시장은 꼭 들르는 관광코스가 되었다. 시장에서만 느낄 수 있는 활기. 비가 오든 눈이 오든, 폭염이 기승을 부리든 몸을 써서 먹고 사는 시장 상인들의 바지런함을 볼 때면, 나도 모르게 존경심을 품게 된다. 통인시장이 지나치게 관광지화 되는 것엔 아쉬움이 있지만, 그래도 사라지는 것보다는 많은 이들의 발길이 이어지는 전통시장으로 남기를 바란다.

서울의 야경을 180도로 둘러볼 수 있는 북악스카이웨이 전망대

숨통이 트이는 서울의 야경

북악스카이웨이 전망대

후드득, 후드득, 빗소리를 들을 때면 어딘가로 무작정 떠나고 싶어진다. 탁 트인 창문이 있는 카페에서 하염없이 빗소리를 들으며 낮은 한숨을 쉬는 모습을 상상하곤 한다. 도시의 생활은 가끔씩 우리를 자연으로 돌아가라 말하듯, 바다나 숲으로 달려가고 싶은 욕구에 시달리게 만든다.

스트레스를 푸는 방법은 사람마다 다르겠지만, 가슴이 답답할 땐 드라이브가 최고다. 다행히 차로 10분 거리에 서울의 야경을 한눈에 볼 수 있는 탁 트인 곳이 있으니, 바로 북악스카이웨이 전망대다. 부암동에서 올라가도 되고 삼청동을 거쳐 성북동 길을 통해 올라가도 되기 때문에 접근성 또한 좋다.

북악스카이웨이는 구불구불한 산길이 반복돼 초보운전자들이 도로연수로 즐겨 찾는 곳인데, 내가 북악스카이웨이 전망대를 찾게 된 건 아이를 낳은 후부터다. 집 가까운 곳에서 자연과 계절의 변화를 느낄 수 있는 곳을 찾아 아이와 함께 다녔다. 주로 고궁이나 공원을 찾곤 했지만, 무더운 여름날엔 갈 곳이 많지 않았다.

부부끼리라면 에어컨 빵빵한 술집에서 더위를 식혀도 괜찮지만, 아이를 데리고 갈 수 있는 술집도 거의 없고, 아이가 긴 시간동안 기다려주지도 않는다. 아이가 심심하지 않게 뛰어놀 수 있으면서 덥지 않은 곳~! 우리가 찾아낸 최적의 장소가 북악스카이웨이 전망대였다. 예상대로 아이는 그곳을 무척 좋아했다. 반짝반짝 빛나는 남산타워의 야경을 보며, '와~' 하고 탄성을 지르고, 정자에 앉아 과자와 아이스크림을 먹으며 즐거워했다.

북악스카이웨이 전망대에서는 서울의 야경을 180도로 볼 수 있다. 남산타워를 기점으로 불빛으로 가득 찬 서울시내의 모습, 산 속에 파묻힌 듯 은은한 불빛으로 가득한 부암동 등…, 도시의 야경은 보는 이에게 수많은 이야기를 던진다. 낮에는 각자 아등바등 살지만 깊은 밤 어둠 속에선 한 점 불빛으로 머문다. 그러니 크게 숨 한번 쉬고, 밝아올 내일을 또 열심히 살아내면 되는 거겠지…라는 근거 없는 자신감이 생긴다.

전망대에서 바라본 서울의 북쪽. 부암동과 은평구까지 훤히 보인다.

전망대로 향하는 숲길은 사계절의 변화를 고스란히 보여준다.

칡넝쿨, 산열매, 야생화를 보며 걷는 여름날의 숲길.

길의 왼쪽엔 밀림처럼 우거진 숲이 있고, 오른쪽으로 차로가 있다.

북악스카이웨이가 무엇보다 고마운 건 사계절의 변화, 숲 냄새, 산열매와 야생화를 가까이서 볼 수 있다는 것이다. 우리는 일부러 자동차를 주차장이 아닌 길가에 세우고 숲길을 따라 걸어서 전망대에 오르곤 한다.

한쪽으로는 천 길 낭떠러지 같은 울창한 숲이 있고, 한쪽으로 자동차들이 꾸불꾸불 달리는 도로가 있다. 새소리, 바람소리, 빗소리, 도심에선 무심히 지나쳤던 각종 소리들이 우리에게 말을 걸어오고, 그로인해 충만한 기분이 든다.

북악스카이웨이 전망대는 한때 TV 예능프로그램에 소개되면서 일대 교통대란이 생길 정도로 이슈가 되기도 했다. 그때 나는 속으로 생각했다.

"이제 북악스카이웨이도 다 갔구나."

나만 아는 비밀장소를 들켜버린 것 같은 기분이었다. 다행히 방송을 탄 후에도 평일 밤에는 여전히 인파에 시달리지 않고도 전망대를 즐길 수 있으니, 감사할 뿐이다. 무더운 여름밤 전망대에 올라 마시는 커피 한 잔과 밤바람의 감촉은 오래오래 누리고 싶은 것들이다.

윤동주문학관 전경

계동길 로맨스

아빠의 시작(詩作)노트
윤동주문학관

아빠는 무척 무뚝뚝한 분이셨다. 이렇게 과거형으로 말하는 이유는 지난해 12월 26일, 세상을 떠나셨기 때문이다. 생전의 아빠는 아내에게 살가운 말 한마디 건네는 적도 없고 자식들에게도 다정하지 않은 성격이었다. 딸들 또한 아빠의 그런 성격을 닮았는지 애교 있는 성격들이 못되어서, 가족들의 대화는 남들이 들으면 싸우는 것처럼 들릴 때도 있다.

나는 어릴 때부터 아빠에게 자주 대들었다. 맏딸에게 치이고, 하나밖에 없는 아들에게 치이고, 애정결핍이 심한 둘째였던 탓인지, 나는 자주 아빠의 말에 토를 달며 대들었고, 밥상머리에서 꿀밤을 맞기도 했다.

아빠와의 갈등은 고등학교 입학을 앞두고 더욱 커졌다. 당시 나는 그림을 그리고 싶었지만, 아빠는 언니가 다니는 학교를 졸업하고 번듯한 사회인이 되길 바라셨다. 지금 생각하면 나의 절실함이 부족해서 포기한 꿈을, 마치 아빠가 말려서 포기한 것처럼 여기며 아빠를 원망했던 것 같다. 너무나 어리석게도….

부모 곁을 떠나 독립해 살다보니, 아빠와의 소원했던 관계는 좀처럼 나아지지 않았다. 명절이나 부모님 생신 때 모이는 가족들은 먹고 마시고 수다 떨다가 돌아가면 그만이었다. 서로 가슴 속의 고민이나 진심은 터놓고 말하기 어려웠다. 그것이 우리집안의 분위기였다. 그러던 어느 날, 아빠가 나한테 넌지시 물어보셨다.

"시집 내려면 어떻게 해야 되냐?"

나는 귀를 의심했다. 시집? 시집이라고?

"아빠가 시집은 왜?"

무뚝뚝하게 되묻는 나에게 아빠는 망설이듯 답했다.

"내가 그동안 써놓은 시가 좀 있는데, 책으로 내고 싶어서."

나는 눈이 휘둥그레졌다. 아빠가 시집을 내고 싶다니…. 그 무뚝뚝한 아빠의 어디에 틈틈이 남모르게 시를 쓰는 감성이 숨어있었단 말인가~!

자초지종을 들어보니 이랬다. 아빠는 어려서부터 글을 쓰고 싶었단다. 그동안 자식들 여럿 키우느라 꿈을 펼치지 못했지만, 둘째 딸이 작가가 되고 책도 내고 하는 모습을 보니, 그동안 써놓은 시를 책으로 내고 싶어졌다는 이야기. 나는 놀래서 언니와 동생들에게 이야기를 했고, 다들 눈이 동그래져 진짜냐고 몇 번을 되물었다.

문제는 아빠가 시집을 내면 돈을 얼마나 주느냐고 물어본 것이었다. 사실 등단도 하지 않은 무명 시인의 시를, 인세를 줘가며 출간해줄 출판사는 아마 없을 거라고 얘기했지만, 너는 돈 받고 글도 쓰고 책도 내는데, 왜 내 글은 안 되냐고 기분 상한 말투로 말씀하셨다.

소설도 아니고 시라니…. 나는 아빠의 시가 너무 궁금해서 아빠가 쓴 글을 나한테 보여주면, 혹시라도 출간할 수 있는지 알아봐 주겠다고 말했다. 아빠는 한사코 가족들한테는 보여주지 않겠다고 했다. 책으로 내면 어차피 사람들이 다 볼 텐데, 딸한테도 안보여 주려는 이유가 뭐냐고 구슬려봤지만, 아빠는 쉽게 시작노트를 내놓지 않으셨다.

2015년 아빠의 폐암이 발병한 후, 아빠는 종종 병원과 가까운 우리집에서 주무시곤 했다. 익숙한 집도 아니고 어린 손자 때문에 산만한 집에서 아빠는 TV를 보는 것 말고는 딱히 할 일이 없었다.

하루는 많이 무료하셨는지 원고지를 달라고 하시더니, 밤에 혼자 불을 켜고 연필로 뭔가를 쓰는 사각사각 소리가 들렸다. 다음날

이부자리를 정리하며 슬쩍 보니 시를 써놓으신 모양이었다.

"아빠, 시 쓰셨나봐? 이거 내가 컴퓨터로 정리해 드릴 테니, 다른 거 또 있으면 줘 봐요. 신춘문예에 내더라도 컴퓨터로 쳐서 내야지, 요즘엔 원고지로 안 내요."

한동안 망설이던 아빠는 가방 안에서 원고지 뭉치를 꺼내셨고, 그중 괜찮은 것들을 정리해 출력해 드렸더니, 얼굴이 환해지며 너무나 좋아하셨다. 그해 시 10편을 골라 모 신문사 신춘문예에 내봤지만, 당선되었다는 연락은 오지 않았다. 젊고 감각적인 문청들 사이에서 아빠의 시가 당선될 거라고 생각은 안했지만, 아빠는 적잖이 실망한 눈치였다.

그때 내가 아빠의 시들을 묶어 작은 책자라도 만들어드렸으면 얼마나 좋았을까…? 뒤늦은 후회가 든 건 아빠가 돌아가신 후였다. 장례를 치르고 아빠의 시들을 모아 '아빠의 시작노트'라는 타이틀로 작은 노트를 만들었다. 삼우제를 지낼 때 제사상에 올려드리고 형제자매들도 한권 씩 나눠 가졌다.

엄마는 50년 가까이 함께 살면서 한 번도 본 적 없던 아빠의 시들을 읽어보시곤 "너무 잘 썼다. 너무 잘 썼어."라고 목 놓아 우셨다. 글쟁이인 내가 봐도 아빠의 시들은 묵직한 세월의 무게, 연륜과 통찰을 담고 있었다. 그저 살아계실 때 만들어 보여드리지 못한 게 참 죄송할 뿐이다.

계동길 로맨스

연필로 꾹꾹 눌러 쓴 아빠의 자필 시

윤동주문학관 별뜨락 카페 '사랑의 우체통' 이 마련돼 있어
소중한 이에게 편지나 시를 보낼 수 있다.

나는 솔직히 나의 감성이나 예술가적 기질이 엄마를 닮았다고 생각해왔다. 무뚝뚝한 아빠와 달리 엄마는 웃음이 많은 사람이었고, 아무리 바빠도 집 앞에 정원과 화분을 가꾸는 감성이 있었으니까. 그런데 아빠의 시작노트가 있다는 사실을 알게 된 후로는, 어쩌면 사람들 좋아하고 호기심 많은 아빠를 닮아서 글쟁이가 된 것이 아닐까라는 생각을 하게 됐다.

집에서 가까운 곳에 '윤동주문학관'이 있다. 그곳을 지날 때면 시인이 되고 싶었던 아빠를 떠올리게 된다. 윤동주 시인은 이미 널리 알려진 시인이지만, 올해 '윤동주 탄생 100주년'을 맞이해 더욱 주목을 받고 있다. 윤동주의 육필원고가 책으로 나와 화제를 모았고, 영화 〈동주〉 개봉 이후 윤동주문학관을 찾는 이들의 발길도 늘었다.

윤동주문학관이 자리한 곳은 청운동과 부암동이 맞물리는 위치인데, 윤동주 시인이 실제 살았던 곳은 옥인동이었다. 당시 서촌에는 1930년대부터 화가 이중섭, 소설가 현진건, 시인 노천명, 윤동주, 이상 등 예술가들이 모여 살았다고 한다.

시인 윤동주에겐 서촌에서의 시절이 황금기였고, '별헤는 밤', '자화상' 등이 그 시절에 쓴 작품들이다. 영화 〈동주〉에 보면 마을이 내려다보이는 언덕에서 사촌형과 이런저런 이야기를 나누는 장면이 나오는데, 실제로 윤동주 시인은 인왕산과 부암동 바위에 올라 시상을 떠올리곤 했다고 한다. 윤동주문학관이 자리한 위치 또한 청운동과 부암동을 모두 볼 수 있는 곳으로, 봄, 가을에 들르면 특히 더 아름다운 정취를 느낄 수 있다.

흰색의 단층건물인 윤동주문학관 내부에는 시인이 쓴 육필원고와 그가 걸어온 길을 볼 수 있도록 전시해 놓았고, 윤동주 시인의 시를 낭송해주는 공간도 있어 조용히 앉아 시들을 감상할 수도 있다.

문학관 건물 옆 계단으로 올라가면 '별뜨락'이라는 윤동주문학관 카페와 '시인의 언덕'으로 오르는 길이 나온다. 별뜨락 카페에서는 커피와 차도 마실 수 있지만, '사랑의 우체통'이 마련돼 있다. '소중한 사람에게 사랑의 글과 시 한 편을 전하세요'라는 안내판의 제안을 따라 연인끼리, 가족끼리, 혹은 자기 자신에게 시 한편을 적어 우체통에 넣고 가는 방문객들을 볼 수 있다. 사랑의 우체통에 편지를 넣고 환한 미소를 지으며 함께 인증샷을 찍는 연인들의 모습을 보노라면 한편의 시는 하나의 사랑이 아닐까 생각하게 된다.

'시인의 언덕으로 올라가는 길'이라는 이정표를 따라 올라가면 서울 시내가 한눈에 들어오고, 그곳은 '인왕산자락길'과 연결된다. 체력이 되고 등산을 좋아하는 사람이라면 인왕산자락길을 걸어보는 여정도 추천할 만하다.

종로구립 박노수미술관 입구

옥인동 문화주택

박노수미술관

———————

　　　　　서촌으로 이사를 오니 화가들의 흔적이
더 많았다. 겸재 정선, 추사 김정희의 흔적들이 서촌 곳곳에 남아있
었다. 서촌은 과거에 예인들이 많이 살았던 곳이라고 하니, 우리가
미처 모르고 지나치는 예술가들의 발자취가 곳곳에 있을 것이다.

　　　　그림을 좋아하는 사람들이 서촌에 오면 꼭 들르는 곳이 바로
옥인동에 위치한 '박노수미술관' 이다. 탤런트 이민정 씨의 할아버
지로도 잘 알려진 박노수 화백은 한국 동양화의 대표적인 화가이다.

　　　　1930년대에 지어진 옥인동의 박노수 가옥은 전통적인 온돌과
입식부엌을 갖춘 문화주택이다. 박노수 화백이 살던 집을 화가의 후
손들이 관리해오다가 2011년 종로구가 인수해 종로구립 박노수미술

관으로 운영하고 있어 종로구민에겐 할인혜택도 주어진다.

박노수미술관은 입구에 들어서자마자 잘 가꾸어진 정원이 눈길을 사로잡는다. 돌과 조각상, 오래된 나무들로 꾸려진 정원은 비가 오는 날엔 운치를 더한다. '정원의 수석, 나무 등도 모두 화가의 작품이니 함부로 만지지 말라'는 안내문이 붙어있다.

건물 안으로 들어가서 2층으로 올라가면 박노수 화백의 작업실이 있는데, 계단을 오를 때 나는 삐걱삐걱 소리가 세월의 무게를 느끼게 해준다. 빈방에 앉아 슬라이드로 보여 지는 박노수 화백의 작품들을 보고 있노라면 화가가 그림을 그리던 그 시절로 들어가는 듯한 묘한 기분이 든다.

박노수미술관에서 내가 가장 좋아하는 공간은 미술관 뒤편 작은 언덕에 올라 내려다보는 풍경이다. 오래된 2층 목조주택은 위에서 내려다보면, 굴뚝과 색이 발한 기와가 또 다른 느낌이다. 별개의 미술관으로 느껴졌던 박노수가옥이 옥인동의 다른 집들과 어우러져 마을 안으로 들어간다. 그 고즈넉한 풍경이 참 좋다.

내 동생도 동양화가인데 전업작가로 살아남기가 너무나 어려운 세상이다. 일가를 이룬, 후대에 이름을 남긴 화가들의 집을 둘러볼 때면 동생의 작업실이 참 좁고 열악하다는 생각이 든다.

미술관 뒤뜰의 작은 언덕에 오르면 옥인동의 풍경이 한눈에 들어온다.

박노수미술관 정원

나무와 돌, 조각품이 어우러져 정원 자체가 하나의 예술품 같다.

우리나라는 글쟁이나 화가는 생계와는 거리가 먼, 가난하고 척박한 환경에서 좋은 작품이 나오는 것처럼 여기는 분위기가 있는데 솔직히 별로다. '배고픈 예술가' 라는 말은 절박함이 더 나은 예술혼을 이끈다는 의미겠지만, 내가 십 수 년 글쟁이로 살아보니, 생계가 어려운 예술가는 현실과 타협해 펜과 붓을 꺾을 확률이 높다. 동생과 함께 졸업한 미술학부 동기들 중 한두 명만이 화가의 길을 계속 걷고 있다고 하니, 그 어려움이 실감난다.

후대에 남겨진 예술가들이 대부분 남자라는 것도 생각해볼 지점이다. 남자 예술가는 결혼 후 아내와 가족들의 지지를 받으며 자신의 예술작업을 이어가지만, 여자 예술가들은 결혼 후 독하게 예술가의 길을 걷다가도 자녀 양육, 생계의 문제 등을 이유로, 꿈을 접는 경우가 허다하다.

예술가가 멋진 작품을 많이 만들어내기 위해서는 남녀 구분 없이 기본적인 생계가 보장된 상황에서, 꾸준히 작업할 수 있는 환경이 만들어져야한다. 국가의 지원이나 주변의 지지도 없이 홀로 자기 작업을 꾸준히 해내는 예술가들을 '멋지다' 고 칭송할 게 아니라, 국가적인 지원과 재벌가, 기업들의 예술계 지원 등을 갖춰가야 하지 않을까? 한국의 예술가에 대한 현실적인 정책적 지원은 아직도 갈 길이 멀다.

서울미술관 석파정

석파정의 노송. 가지를 받치고 있는 철골이 세월의 무게를 느끼게 한다.

살고 싶은 동네, 부암동
서울미술관 & 석파정

한때 부암동에 살고 싶었다. 그래서 신혼집을 알아볼 때 부암동의 부동산을 헤매고 다녔지만, 콧대 높은 전세값에 결국 북촌으로 눈길을 돌렸었다.

서촌으로 이사를 온 후 부암동은 버스를 타고 두 정거장만 가면 닿을 수 있는 곳이 되었다. 효자동에서 버스를 타고 자하문터널을 지나면 곧바로 부암동으로 갈 수 있기 때문이다.

최근 부암동을 찾는 사람들은 대개 데이트를 하는 젊은 커플들이다. 몇 년 전까지만 해도 아는 사람만 아는 한적한 동네였지만, SNS에 데이트 명소로 알려지면서 주말이면 커플들의 발길이 이어지는 곳이 되었다.

드립커피를 파는 카페와 인테리어 소품을 파는 가게들이 주택가 골목에 포진돼있어, 골목골목을 걸으며 구경을 하고, 힘들면 카페에서 브런치를 먹거나 커피 한잔을 마시는 코스로 제격인 것이다.

문재인 대통령이 취임한 후에는 문대통령이 자주 애용했다는 '클럽 에스프레소'를 찾는 이들이 많이 늘었다. 그 카페에선 '문 블랜드'라는 커피를 로스팅해서 파는데, 살짝 산미가 돌면서 고소한 맛이 진한 커피를 좋아하는 나에겐 '와~좋다' 정도는 아니었지만, 무난한 맛으로 부담 없이 마시기엔 괜찮았다.

부암동은 산책하듯 걸으며 작은 카페와 소품가게들을 불러보는 재미도 있지만, 작지만 알찬 전시를 선보이는 서울미술관에 가기 위해 부암동에 갈 때가 많다. 2012년에 개관한 서울미술관은 석파문화원이 운영하는 곳으로 미술관 뒤편에 '석파정'을 두고 있다. 흥선대원군의 별서를 품고 있는 석파정은 산줄기를 타고 내려오는 폭포와 기품 있는 한옥, 오래된 노송이 어우러져 언제 봐도 멋진 곳이다.

1974년 서울특별시 유형문화재 제26호로 지정된 흥선대원군 별서는 조선 말기 문신 김흥근의 주도로 조영된 유적이다. 인왕산 북동쪽의 바위산 기슭에 자리 잡고 있는데 흥선대원군의 별서(別墅)로 사용되어 흥선대원군 별서라 불리게 되었다. 본래 7채의 건물로

문재인 대통령의 단골집으로
유명세를 치르고 있는 '클럽 에스프레소' '문블렌드' 라는
블렌딩 커피를 판매한다.

석파정 정원에서 바라본 부암동 풍경

구성돼있던 석파정은 현재 안채, 사랑채, 별채와 같은 살림채와 정자 등, 4개 동이 남아있다.

서울미술관의 전시를 본 후, 별도의 엘리베이터를 타고 석파정에 입장할 수 있는데, 어느 계절에 가느냐에 따라 그 느낌이 사뭇 다르다. 물론 단풍이 깊은 가을이 운치 있지만, 한여름 비가 내린 후의 석파정에선 바위를 타고 내려오는 계곡물을 볼 수 있다. 눈 내린 겨울날엔 그 나름의 멋짐을 선사한다. 서울미술관의 전시는 대개 큰 규모는 아니지만, 전시 관람 후 석파정을 둘러보는 것만으로도 그곳을 방문한 값을 한다.

나는 가끔 가슴이 답답할 때 이곳을 찾는다. 특히 평일의 한적한 미술관에서 느긋하게 전시를 둘러본 후 석파정에 앉아 부암동의 전경을 바라보고 있으면, 크고 작은 고민들이 스르르 사라지는 기분이 든다. 물론 집으로 돌아오면 현실의 고민이 스멀스멀 고개를 내밀지만, 석파정에 앉아있는 그 시간만큼은 오롯하게 혼자 멍-하니 있을 수 있어 좋은 시간이다.

2017년 9월, 60년 만에 공개된 새로운 덕수궁돌담길

계동길 로맨스

돌담길 따라 걷는 길
덕수궁

계동에 살 때 안국역을 지나 창덕궁 앞을 지나쳐 창경궁 입구까지 돌담길을 걸어가는 것을 좋아했다. 연애할 때 남편과 둘이 걷던 그 길을, 아이가 태어난 후엔 유모차를 밀고 종종 걸어 다녔다. 물론 창덕궁 안으로 들어가서 연결통로를 이용하면, 더 빨리 창경궁에 도착할 수 있었지만, 나무와 돌담이 어우러진 길을 빙 돌아 걸어가는 코스를 선택하곤 했다. 특히 봄가을의 돌담길은 꽃향기와 새소리, 울긋불긋한 낙엽들이 그 운치를 더했다.

오랫동안 우리가족이 함께 걸었던 그 길은 창경궁과 종묘를 잇는 복원공사로 인해 옛 모습을 찾아볼 수 없게 되었다. 담도 허물어졌고 공사 가림막과 자동차들의 소음만이 가득한 길이 되어버렸다.

일제의 잔재를 없애는 복원공사는 당연히 의미 있는 것이지만, 아름답던 돌담길이 한순간에 사라진 것은 조금 서운하다. 그 아쉬움을 달래준 곳이 바로 덕수궁 돌담길이다.

서촌에서 웬만한 버스는 모두 시청역을 지나간다. 자동차를 끌고 갈 필요 없이 버스를 타고 10분 안에 덕수궁에 도착할 수 있다는 건 참 행복한 일이다. 몇 년 전부터 덕수궁 앞은 시위와 집회의 단골장소가 되었지만, 바깥의 소란과 별개로 덕수궁 안의 정취는 여전하다. 겨울엔 좀 스산하지만, 새싹이 돋아나는 봄부터 낙엽이 모두 떨어지는 늦가을까지 덕수궁은 다양한 모습으로 우리를 기쁘게 해준다.

봄날의 덕수궁은 앞 다투어 돋아나는 연초록의 나뭇잎과 석조전 앞의 왕벚나무, 개나리, 철쭉, 매화 등의 향기로 가득하다. 가을날의 덕수궁은 궁 입구부터 쭉 늘어선 은행나무들이 노란 은행잎을 꽃가루처럼 뿌려 감탄이 절로 나는 장관을 연출한다. 이 시즌이 되면 전국의 학교에서 현장학습을 와서 덕수궁이 붐비기도 하는데, 주말의 아침시간이나 폐장시간을 조금 앞둔 때에 방문하면 한가로이 그곳을 누빌 수 있다.

덕수궁미술관의 전시를 보는 것도 즐겁지만, 아이와 함께할 땐

봄, 가을이면 전국의 학교에서 현장학습을 온다.

덕수궁 석조전 앞의 왕벚나무. 꽃이 필 무렵엔 인기절정 포토존이다.

덕수궁 내 카페. 작은 연못을 바라보며 커피나 차를 마실 수 있다.

봄의 연못은 철쭉이 흐드러지게 피고, 가을의 연못은 단풍잎이 떨어져 운치를 더한다.

바깥에서 주로 시간을 보낸다. 입구에서 오른 편으로 작은 연못과 기념품가게가 자리한 카페가 있는데, 이곳 벤치에 앉아있으면 봄날엔 꽃잎이, 가을날엔 낙엽이 바람결에 따라 흩날리는 모습이 매혹적이다.

아들은 웬만한 봄꽃의 이름을 알고 있는데, 덕수궁 석조전 뒤의 꽃들과 더불어 나이를 먹은 탓이다. 개나리와 철쭉이 흐드러진 석조전 뒤편에 앉아 있노라면 아픈 역사 같은 건 까맣게 잊고 자연의 아름다움에 취하게 된다.

덕수궁을 나와 돌담길을 따라 조금 걷다보면, 왼편으로 서울시립미술관이 나온다. 이곳은 다양한 기획전시와 더불어, 무료로 진행되는 상설전이 진행돼 언제든 부담 없이 찾아갈 수 있는 미술관이다.

방학기간동안 전 연령대가 볼 수 있는 전시가 진행될 땐 학생들과 함께 온 관람객들로 북적이지만, 평일의 서울시립미술관은 혼잡할 때가 많지 않다. 아이와 함께 전시를 보다가 아이가 지루해하거나 나가자고 보챌 땐 미술관 야외에 앉아 오가는 이들의 모습을 지켜보는 것도 재미있다.

지난 9월 1일부로 주한 영국대사관이 자리해 60년간 끊겼던 덕수궁 돌담길 170m 중 100m 구간이 시민들에게 공개됐다. 영국대사관 후문부터 대사관 직원 숙소 앞까지 이어지는 구간을 개방한 것인데, 골목길처럼 아담한 넓이의 돌담길을 볼 수 있다. 그 길엔 덕수궁 돌담길의 과거 모습이 담긴 사진들이 전시돼있고, 후문을 지키는 전통복장의 수문장도 만날 수 있다.

덕수궁 후문도 개방해 덕수궁 관람객이 새로 공개된 돌담길로 나와 걸을 수 있도록 했다. 하지만 이곳을 통해 덕수궁 안으로 들어갈 수는 없기 때문에 입장은 정문 매표소를 이용해야한다.

덕수궁 돌담길에서 정동길을 따라 위로 계속 올라가면 경찰박물관, 서울 역사박물관과 만나게 된다. 아들은 경찰박물관을 좋아해서 덕수궁에 가는 날이면 경찰박물관에 들렀다 가자고 조르곤 했다.

경찰박물관은 규모가 크진 않지만, 1층에 경찰복을 입어보고 경찰차와 경찰오토바이를 직접 타볼 수 있는 체험관이 마련돼 있어 아이들이 꽤 찾아오는 곳이다. 나중에 크면 경찰이 되고 싶다는 아들은 이곳에 가면 신이 나서 미소가 떠나지 않는다.

경찰박물관에서 광화문 방향으로 조금만 내려오면, 옛날 전차 모형이 우리를 반겨준다. 그곳이 바로 서울역사박물관의 입구이다. 서울역사박물관은 굳이 설명하지 않아도 학생들의 체험 및 전시로 잘 알려진 곳이니, 경찰박물관과 묶어서 방문하면 하루코스로 손색이 없다.

서울역사박물관 입구의 전차

경찰박물관. 경찰복을 입어보고, 경찰차, 경찰오토바이를 타볼 수 있다.

서울농학교의 수화 조형비

뒤편의 느티나무는 수령이 270년이 넘는다.

계동길 로맨스

다시 보는 한양전경
서울농학교

　서촌으로 이사를 온 후, 가장 자주 보게
되는 광경은 장애인과 그들을 도와 함께 오가는 장애인활동보조원
들의 모습이다. 촛불집회 당시 뉴스에 자주 등장했던 청운동사무소
건너편에 종로장애인복지관이 위치한 푸르메재단 건물이 있고, 그
옆으로 서울농학교와 서울맹학교가 인접해있기 때문이다.

　아들이 한 살쯤 되었을 때 걸음마를 잘 하지 못하고 주저앉았
고, 한쪽 눈을 자주 깜빡거렸다. 남들은 아기가 윙크를 한다며 귀여
워했지만, 엄마인 나는 자꾸만 신경이 쓰였다. 대학병원 안과에 가
서 검사를 해보니 왼쪽 눈이 고도원시였다. 바로 안경을 처방받아

쓰기 시작했고, 하루에 몇 시간씩 한쪽 눈을 가림패치로 가리고 생활해야하는 가림치료를 시작했다. 다행히 2년간의 가림치료와 교정안경 덕분에 원시도수는 약간 줄었지만 시력발달이 완성되는 시기까지 계속 안경을 써야한다.

장애인활동보조원의 도움을 받아 골목을 걷거나 횡단보도를 건너는 맹아들을 볼 때마다 아들의 고도원시가 발견돼 평생 약시로 살 수도 있다는 말을 들었을 때, 철렁했던 순간의 감정이 되살아나곤 한다. 맹아와 고도원시는 전혀 다르지만 시력의 상실, 장애로 인해 겪게 될 수많은 어려움과 기회 없음을 생각하면, 둘 다 안타깝긴 마찬가지다.

서울농학교 교문을 들어서면 정면에 보호수로 지정된 수령 270년이 넘은 느티나무가 한눈에 들어오고, 오른편으로는 운동장이 있다. 운동장은 동네 아이들에게도 언제나 열려있어 저녁 무렵이면 축구나 야구를 하려는 아이들이 모여든다.

느티나무를 지나 안쪽으로 쭉 들어가면 직업교육관 옆에 작은 놀이터가 있다. 시소와 미끄럼틀이 있어서 아이가 어릴 때 종종 찾곤 했는데, 놀다가 심심해지면 산책로를 따라 산으로 올라갔다.

나무계단으로 잘 닦여진 산책로를 걷다보면 쉬어가는 테이블과 벤치도 있고, 정선이 '한양전경'을 그린 곳으로 추정되는 곳에 정자가 있다. 그곳에 서면 서울N타워를 비롯한 서울 시내가 한눈에 들

서울농학교 담에 그려진 농아들의 그림과 수화 그림

넓은 운동장은 동네 아이들의 놀이터로 개방된다.

산책로를 따라 올라가면, 겸재 정선의 〈한양전경〉을 그린 정자를 만날 수 있다.
서울 도심의 모습을 내려다 볼 수 있는 곳.

어오고, 탁 트인 시야에 탄성을 지르게 된다. 그 아래로 서울농학교 바로 옆의 서울맹학교를 보며, 이 아름다운 경치를 볼 수 있다는 게 평범하지만 참 감사한 일임을 느끼게 된다.

최근 우리사회는 장애인, 노인, 여성, 아이 등 약자에 대한 혐오가 늘어나는 추세이다. 노 키즈존 논쟁, 여성혐오 범죄 등이 보여주는 것은 타인과 내가 다르지 않으며, 서로 어우러져 사회를 구성하고 세상을 만들어간다는 것을 인정하지 않는 이들이 많다는 뜻이다. 나를 불편하게 하고, 귀찮게 하고, 눈살을 찌푸리게 하면 그냥 혐오의 대상이 된다. 평소엔 너그러운 얼굴을 보이던 이들도 본인이 피해를 입었다는 생각이 들면, '나의 입장'만 강조한다.

묻지마 폭행, 혐오범죄의 증가를 보면서 신체의 장애보다 정신의 장애가 심각한 사회로 가고 있는 것 같아 우려된다.

몇 달 전 무릎 연골을 다쳐 계단을 이용할 수 없는 상태가 되었다. 버스와 엘리베이터에 의지해 대중교통을 이용해보니 장애인의 이동권이 얼마나 열악한지 느낄 수 있었다. 장애인에 대한 측은한 시선대신 그들의 실질적인 생활의 불편함을 해소하는 정책들이 갖춰지는 게 더 중요한 것 같다.

종로장애인복지관과 장애인을 위한 치과 등이 있는 푸르메재단 건물 1층에는 카페가 있다. 장애인들이 만든 빵과 커피를 파는 베이커리카페인데 직원들 모두가 장애인이다. 말투는 좀 어눌하지만 커피를 주문하거나 의사소통을 하는데는 전혀 문제가 없다.

우리는 종종 이 카페에 가서 아이는 아이스크림을 나는 커피를 마신다. 자기와 생김새가 약간 다른 장애인들을 본 아이는, 스스럼없이 인사를 하고 이야기를 나눈다. 어른들의 편견과 달리 아이들은 겉모습으로 사람을 예단하지 않고 마음을 연다.

얼마 전 푸르메재단의 장애인재활센터가 어려움을 겪는다는 뉴스 기사를 접했다. 안타까운 마음과 달리 내가 할 수 있는 것은 기껏해야 약간의 경제적 도움을 주는 게 전부지만, 더불어 살아가는 이들에게 보내는 작은 몸짓이라는 생각으로 마음을 보탤 생각이다.

최근 서촌나들이를 오는 내국인들의 발길도 무척 많아졌는데, 통인시장이나 관광지만 돌지 말고 서울농학교나 맹학교, 장애인들이 운영하는 베이커리카페도 둘러보고 갔으면 좋겠다.

편견 또한 학습되는 것이어서 부모가 가진 편견이 아이에게 그대로 옮겨가기도 한다. 장애라는 것은 측은해하거나 혐오해야할 대상이 아니라, 세상 사람들이 가진 여러 가지 모습들 중 하나일 뿐이라는 것을 아이들이 자연스레 배웠으면 하는 바람이고, 그 역할은 어른들의 몫이 아닐까싶다.

서울농학교 운동장에서 모래놀이 삼매경인 아들

청계천 밤도깨비야시장

천의 얼굴을 가진 물길
청계천

과거에도 책에 고백한 적이 있지만 나는 물을 좋아한다. 바다든 강이든 호수든 물이 있는 곳에서 가만히 앉아있는 시간이 참 좋다. 은평구에 살 땐 불광천이 있어서 매일 저녁마다 산책이나 운동 삼아 응암역에서 월드컵경기장까지 왕복으로 걸었다. 불광천은 벚꽃길로도 유명해서 봄에는 사람이 더 많고, 여름엔 더위를 피해, 가을엔 운동하기 좋아서 사람들이 늘 애용하는 곳이다.

종로에 터를 잡고 살면서 느낀 장점도 많지만, 한강에 가려면 전철이나 자동차를 타야하고 물을 볼 곳이 적다는 것은 아쉬운 점이다. 물론 바다가 보고 싶을 땐 한강변에 가서 그 갈증을 채우기도 하지만, 아이 키우며 일하고, 시댁과 친정 양가의 일들을 챙기다보면 한가로이 한강을 찾을 기회는 생각보다 적다. 그래도 위안이 되는 건 청계천이 가까이 있다는 것이다.

청계천은 청계고가도로 밑으로 감춰져있다가 2005년 청계천 복원사업을 통해 개천의 모습을 되찾게 되었다. 청계천을 흐르는 물의 발원지는 청운동 백운계곡이라고 하는데, 광화문 일민미술관 옆 청계광장에서부터 정릉천이 합류되는 고산자교까지 걸어서 오갈 수 있다.

남편과 연애시절에는 청계천을 걸어 을지로의 우래옥 냉면을 먹으러 갔었다. 아이가 태어난 후에도 자주 청계천을 찾는데, 외국인 관광객과 내국인을 두루 볼 수 있는 관광명소이기도 하다. 우리는 이곳에서 한여름 열대야를 피해 밤늦도록 앉아있기도 하고, 각종 행사가 열릴 때면, 그 재미를 마음껏 누리기도 한다.

청계천은 갈 때마다 늘 다른 모습을 보여준다. 낮과 밤의 모습이 다르고, 계절에 따라 다른 느낌을 준다. 봄부터 가을까지는 말할 것도 없고, 갈대만이 남은 스산한 겨울에도 생각을 정리하며 걷기에 좋은 곳이다.

청계천이 특별히 더 아름다운 시기를 꼽으라면 '서울 빛초롱축

청계천을 따라 걷거나 발을 담그고 휴식을 취하는 이들이 많다.

청계광장의 분수. 밤이 되면 화려한 조명이 더해진다.

제'가 열리는 11월이다. 청계천 곳곳에 수백 개의 등불이 켜져 은은하고 아름다운 밤을 연출하는데, 이때가 되면 사진을 찍으려는 사람들로 북새통을 이룬다. 특히 둘 둘씩 짝지어 걷는 연인들의 모습이 낭만적인 분위기를 연출한다.

서울 빛초롱축제는 2009년 청계천에 전통등을 설치하는 것으로 시작돼 '서울등축제'로 불리다가 2014년부터 명칭을 바꿔 치러지고 있다. 축제 초창기 청계천에 한지로 만든 전통등이 놓였을 때, '우리의 전통등이 개천과 만나니 정말 아름답구나'라는 생각을 했었다. 은은한 전통등의 빛이 물에 비치면서 만들어지는 그 묘하고 아름다운 분위기가 정말 매력적이었다.

최근에는 전통등에 화려한 조명까지 더해져 말 그대로 '빛'이 주인공인 빛초롱축제로 자리매김했는데, 개인적으로는 전통등이 곳곳에 놓였던 초창기의 등축제가 더 청계천의 물길과 잘 어울렸던 것 같다.

천의 얼굴을 가진 청계천의 모습은 서울시의 다양한 시도와 만나며 새로운 개성을 만들어가고 있다. '서울 밤도깨비야시장'은 여의도, 반포, 동대문DDP 등지에서 주말 밤 열리는데, 청계천도 야시장이 열리는 장소 중 하나이다. 청계광장과 종각역 사이 광통교 일대에서 열리는 '청계천 밤도깨비야시장'은 다양한 음식을 맛볼 수 있는 푸드트럭존, 다양한 수공예품을 판매하는 핸드메이드존을 주축으로, 각종 공연과 이벤트가 진행된다. 토요일엔 오후 4시 30분부터 10시 30분까지, 일요일은 오후 4시부터 9시까지 야시장이 선다.

주말 저녁, 아이와 함께 청계천 밤도깨비야시장을 찾는 이유는 집에서 밥을 해먹기 귀찮기 때문이다. 주말만이라도 가사노동에서 해방되고 싶은 마음에 먹거리 볼거리가 있는 야시장을 찾았고, 그 선택은 탁월했다. 어른들이 좋아하는 빈대떡부터 아이들이 좋아하는 캐릭터솜사탕, 스테이크와 피자, 맥주와 칵테일 등, 없는 것 빼곤 다 있으니, 일단 각자 먹고 싶은 걸로 배를 채운 후, 핸드메이드존으로 이동해 액세서리, 가죽제품 등을 구경하는 코스로 이어진다.

배부르고 다리가 아프면 어딘가 앉고 싶은 마음이 드는 게 인지상정, 그럴 땐 계단 아래로 내려가 청계천 물가에 앉으면 된다. 아이는 시시각각 색깔이 변하는 청계광장 폭포에 눈길을 빼앗기고, 어른들은 맥주나 주전부리를 먹으며 물소리를 듣는다.

스트레스 지수가 높을 때나 머리가 아플 때 물소리를 들으면 증상이 완화된다는 연구결과는 정말 맞는 것 같다. 머릿속이 복잡할 때 일단 샤워를 하면 조금은 정리가 되듯이 청계천에 앉아 물소리를 듣고 있으면, '뭐 그리 심각하게 사나, 이래도 좋고 저래도 좋지' 싶은 생각이 든다. 소위 멍 때리고 싶을 땐 청계천이 딱-이다.

경희궁 처마의 토우들

계동길 로맨스

혼자 걷고 싶은 날엔
경희궁

       아는 작가의 작업실이 경희궁 근처의 오피스텔이었다. 그때는 종로에 살지 않았고, 좀 오래전이라서 '오피스텔 이름 앞에 경희궁이 붙으니 참 고급지다'며 일행들과 깔깔 웃었던 기억이 난다. 알고 보면 아픔이 많은 곳이 바로 경희궁인데 말이다.

    서울시내에는 여러 개의 궁궐이 있지만, 경복궁, 창덕궁, 창경궁, 덕수궁에 비해 덜 알려진 곳이 경희궁이 아닐까싶다. 조선 후기의 이궁으로 인조 이후 철종까지 10대에 걸쳐 임금님들이 머물렀던 궁궐임에도 불구하고, 이곳을 찾는 사람들은 다른 궁에 비해 현저히 적다.

물론 경희궁의 현재 모습은 복원된 것이 대부분이다. 일제 강점기 일본인 학교가 들어서면서 궁궐 대부분의 건물이 헐렸고, 궁의 위용을 잃어버렸다. 서울시가 경희궁 터에 대한 발굴을 거쳐 숭정전 등을 복원했고, 2002년 시민들에게 공개됐다. 지금 우리가 만나는 경희궁은 일부 복원된 것이라고는 하지만, 역사적인 기록을 바탕으로 복원한 것이기에 충분히 아름다운 모습이다.

경희궁의 입구인 흥화문은 대로변에서 안으로 쑥 들어가 있어 오가면서 눈여겨보지 않으면 스쳐지나가기 십상이다. 흥화문을 지나 조금만 걸어가면 넓은 잔디밭이 펼쳐지고, 멀리 경희궁 숭정전으로 들어가는 숭정문이 보인다. 이곳의 너른 잔디밭은 종로구에서 각종 행사를 개최하는 장소로도 활용돼 아이들이 뛰노는 모습을 종종 볼 수 있고, 우측으로 서울역사박물관이 바로 인접해있다. 초록의 잔디와 나무들이 눈의 피로를 단숨에 풀어준다.

지루한 장마 끝에 모처럼 쨍한 햇살이 나왔고, 나는 약속이나 한 듯이 경희궁으로 갔다. 예상대로 외국인 관광객 몇몇을 제외하고 사람이 별로 없었다. 연초록 잔디밭과 경희궁의 처마에 걸린 토우들, 그리고 맑게 갠 하늘빛이 환상적이어서 나 혼자 보기가 아까울 정도였다.

(상) 맑은 가을날의 경희궁.
궁궐 너머로 현대적인 건물이 눈에 들어온다.

(하) 연신 셔터를 누르는 관광객들

서울시내 궁궐들은 저마다 매력이 다르다. 경복궁이 넓고 시원시원한 규모의 멋이라면, 창경궁은 연못과 울창한 나무들이 주인공처럼 느껴지는 곳이다. 경희궁은 숭정문, 숭정전, 자정문, 자정전, 그리고 태령문과 태령전이 중첩되는 풍경이 참 멋지다. 어디에 카메라 앵글을 대도 멋지게 나온다. 궁궐이 아담하니까 담들과 기와, 처마에 놓인 토우들의 디테일까지 보게 되는 것 같다.

　　경희궁에 올 때마다 경희궁미술관 1층의 카페에서 커피를 마시곤 했는데, 그곳 또한 현재 허물고 공사 중이다. 일본인 학교 경성중학교가 있던 자리라는 표지석이 남아있는데, 미술관 자리에 어떤 모습의 건물이 복원될지 궁금해진다.

　　경희궁는 궁궐이 그리 넓지 않기 때문에 천천히 둘러봐도 30분이면 다 볼 수 있다. 처음 온 사람이라면 경희궁의 아픈 역사를 되짚어 볼 수도 있겠지만, 방앗간 참새처럼 드나드는 나는 궁궐대신 흥화문 앞 녹지의 벤치에서 책을 읽거나 잔디밭을 걸으며 시간을 보낸다. 그러다 목이 마르면 서울역사박물관으로 내려가 커피를 마시는데, 이곳 카페테리아의 후원이 아주 멋지기 때문이다.

　　보통 서울역사박물관은 역사자료나 전시회를 보러 많이들 찾아오는데, 건물 뒤쪽에 멋진 후원이 있다는 것을 아는 이들은 적은 것 같다. 덕분에 파라솔 아래에 오래도록 앉아 책을 읽거나 글을 써

경희궁미술관이 있던 자리.
어떤 모습의 건물이 복원될지 궁금해진다.

흥화문 앞 작은 공원 벤치에 앉아 책을 읽거나 휴식을 취한다.

서울역사박물관 후원

계동길 로맨스

도 전혀 방해 받을 일이 없다. 박물관 내부의 혼잡함과 별개로 차분한 공간이다.

작가라는 직업적인 특성인지 개인적인 성향인지 알 수 없지만, 나는 혼자만의 시간이 절대적으로 필요한 사람이다. 가족이라도 이틀 이상 계속 붙어있으면 혼자 있고 싶은 생각이 간절해질 정도로 혼자 있는 시간이 꼭 필요하다. 자식은 예쁘지만 아들과 24시간 붙어 지내며 에너지를 다 쏟고 난 휴일 다음날이면, 정말이지 혼자 있고 싶은 생각이 간절해진다. 그럴 때 터벅터벅 찾아가는 휴식처가 바로 경희궁이다. 일단 사람이 적고 녹지가 있어, 지친 몸과 마음을 차분히 만들기에 적합한 곳이기 때문이다.

종로에 살면서 가장 좋은 점은 이런 것이다. 일부러 어딘가로 떠나지 않아도 도심 속 고궁을 안식처 삼아 숨어들 수 있다는 것. 혼자 걷고 사색하며 재충전이 가능하므로, 나 같은 동굴형 인간에겐 더없이 편안한 곳이다.

수성동계곡에서 물놀이 중인 아이들

계동길 로맨스

도심 속 힐링
수성동계곡

　　항간에 '바다를 좋아하면 젊고, 계곡을 좋아하면 나이 든 것'이라는 말이 있다. 그 기준으로 따지면 나는 젊고 남편은 나이 든 셈이다. 남편은 바다보다 계곡을 선호했고, 그 이유는 바다에서 즐기는 물놀이 후의 끈적임이 싫다는 것이었다. 계곡은 나무가 있어서 시원할뿐더러 물놀이 후 샤워를 꼭 해야 할 필요도 없어서 좋다는 것이 그의 주장이다.

　　서촌이 소위 뜨면서 지방에 사는 내국인들이 많이 찾아오는데, 경복궁역에서 종로 마을버스 9번을 타면, 서촌의 주요 관광지를 거쳐 간다. 통인시장, 박노수미술관을 거쳐 종점에 내리면 수성동계곡이 시작된다.

수성동계곡은 정선의 그림 〈수성동〉에 등장한다. 수성동계곡 입구에 서면 계곡 뒤쪽으로 인왕산이 한눈에 들어오는 모습이 마치 한 폭의 그림 같다. 현재 수성동계곡에는 안평대군이 살던 비해당 터와 기린교로 추정되는 다리가 남아있다.

종로 마을버스 9번 종점에 내리면 세종마을어린이집이 있고, 그 오른쪽 길로 오르면 수성동계곡을 오른편에 두고 걷게 된다. 올해는 가뭄으로 계곡의 물이 많지 않지만, 비가 많이 내린 후엔 계곡 물이 불어나 안전에 유의해야한다. 계곡에 가본 사람들은 알겠지만, 암석들이 겹겹이 누워있고 물기로 인해 미끄러질 위험이 높기 때문이다.

수성동계곡을 처음 찾았을 때 두 가지에 놀랐다. 우선 서울시내에 이토록 운치 있는 계곡이 있다는 것, 또 하나는 계곡이 생각했던 것만큼 길지는 않다는 것이다. 그럼에도 도심 속에 계곡이 가까이 있다는 건 감사한 일이다. 인근에 사는 아이들은 방과 후 계곡에 와서 물고기도 잡고, 꿩이나 다람쥐 같은 산짐승들을 찾으며 시간을 보낸다. 연세 드신 분들은 정자에 앉아 수다를 떨거나 계곡물에 발을 담그고 더위를 식힌다.

수성동계곡은 위쪽으로 오를수록 물소리가 커진다. 위쪽에 폭

들꽃이 흐드러지게 핀 수성동계곡

정자에서 내려오는 언덕길에 서면, 서울 시내와 옥인동이 한눈에 들어온다.

포수처럼 직각으로 내려오는 계곡이 있고, 아래로 내려가며 넓게 퍼지는 형태이기 때문이다. 수성동계곡의 중턱에서 인왕산 숲길을 만나게 되는데, 왼쪽으로 가면 사직동 사직공원으로 이어지고, 오른쪽으로 올라가면 청운공원 윤동주문학관으로 연결된다. 간단히 수성동계곡만 둘러본 후 통인시장이나 서촌의 가게들을 구경해도 좋고, 인왕산 숲길을 걸어 윤동주문학관이나 사직공원 쪽까지 걷는 것도 괜찮다.

마을버스 종점 앞 편의점 아저씨께 여쭤보니, 한때 정선의 그림에 등장하는 곳이라고 해서 방문객이 늘기도 했지만, 주말에도 수성동계곡은 많이 붐비지 않는다고 한다. 인근에 사는 나 같은 사람들은 한적한 평일을 선호했는데, 주말에 가 봐도 사람이 너무 많다 싶을 정도로 혼잡하진 않았다. 혼자만의 시간이 필요할 때, 물소리가 듣고 싶을 때, 삼림욕이 하고 싶을 때 언제든 수성동계곡은 훌륭한 힐링터가 돼준다.

만약 관광객이라면, 힘들게 서촌까지 와서 통인시장과 효자동 빵집만 들르지 말고, 골목을 걸으며 아기자기한 가게들도 구경하고, 수성동계곡과 인왕산 숲길도 걸어보길 권한다. 길이 험하지 않고 잘 닦여있기 때문에 등산 개념이 아닌 산책 개념으로 들르기에 괜찮은 곳이다.

무엇보다 수성동계곡은 그림 스케치를 하기에 정말 좋은 곳이다. 인왕산을 배경으로 그릴 수도 있고, 도시를 배경으로 그릴 수도 있다. 수성동계곡 위쪽에는 옥인동과 서울 시내가 한눈에 들어오는 포토스폿이 있기 때문이다.

명작은 하루아침에 탄생하지 않는다. 수많은 스케치와 수정 작업을 거친다. 정선의 〈수성동〉은 얼마나 많은 붓질을 통해 완성되었을까? 하나하나 제각각인 인왕산 산기슭의 바위들을 보며 생각해본다.

종로구 최초의 한옥공공도서관인 청운문학도서관

계동길 로맨스

문학의 길을 걷다
청운문학도서관

서촌으로 이사 오면서 가장 가보고 싶었던 곳이 '청운문학도서관'이다. 한옥에 대한 로망 가운데 하나가 책으로 채워진 한옥서재였는데, 한옥으로 지은 도서관이 생겼고 그곳이 집 가까이 있으니, 가지 않을 이유가 없었다.

종로구 최초의 한옥공공도서관인 청운문학도서관은 자하문 터널 입구 오른쪽 언덕을 따라 올라간 곳에 위치해있다. 고급 주택들이 즐비한 골목을 지나 언덕에 오르면 웅장한 한옥건물이 나타나는데 그곳이 바로 청운문학도서관이다. 한옥 지붕은 전통방식으로 제작된 수제 기와를 사용했고, 담 위에 얹은 기와는 돈의문 뉴타운 지역에서 철거된 한옥의 기와 3천여 장을 가져와 재사용했다고 한다.

청운문학도서관은 멀리서 보면 2층 한옥처럼 보이지만, 출입구가 다른 별도의 공간으로 나뉘어있다. 1층에는 책을 빌리거나 읽을 수 있는 열람실이 있는데, 곳곳에 놓인 책상과 의자, 유아들을 위한 두더지 구멍처럼 생긴 독서 공간이 눈에 띈다. 아들도 이곳에 처음 갔을 때 두더지처럼 구멍 안으로 쏙 들어가서 책을 읽었다. 그 구멍이 몇 개 안 돼 경쟁이 치열할 때도 있다.

위쪽에 위치한 한옥은 밀실처럼 따로 따로 떨어진 별채로 구성돼있어 한옥 안에서 책을 읽거나 담소를 나누는 경험을 해볼 수 있다. 이곳에는 '작가의 방'이라는 방이 따로 있는데, 유명 작가의 서재를 그대로 옮겨와 전시하는 공간이다. 2016년 12월에는 최영미 시인의 서재가 전시됐고, 2017년 7월부터 9월 30일까지 문태준 시인의 서재가 전시되었다. 평소 자신이 좋아하던 작가의 작품이 탄생한 서재를 눈으로 볼 수 있다는 것은 흥미로운 경험일 것이다.

청운문학도서관에서는 '문학도서관'이라는 이름에 걸맞은 다양한 문화예술프로그램을 운영해 호응이 높다. 작가 김훈, 이정록 시인의 강연회를 비롯해 각종 문학관련 행사의 장소로도 활용된다. 종로구 거주민을 대상으로 아빠와 아이가 함께 참여하는 '1박 2일 독서캠프'가 진행됐고, 지난 9월 5일부터 10일까지는 '윤동주 시인

청운공원에서 내려다본 청운문학도서관

연초록 잎이 돋아나는 봄이면, 하루가 다르게 풍경이 변한다.

문태준 시인의 서재를 옮겨 놓은 '시인의 방'

탄생 100주년 기념 특별강연'이 열리기도 했다.

내가 청운문학도서관에 가는 이유는 책을 보거나 빌리기 위해서이기도 하지만, 주변 경관이 정말 빼어나기 때문이다. 특히 진달래, 매화가 피기 시작하는 봄이 되면, 도서관 인근의 산이 울긋불긋해지며 하루가 다르게 연초록 나뭇잎이 올라온다.

청운문학도서관 오른쪽의 산책로를 따라 올라가면 청운공원을 거쳐 윤동주문학관으로 이어지는데, 청운공원에서 내려다보는 청운문학도서관의 모습은 탄성이 절로 날만큼 황홀하다. 산수화 안에 멋진 한옥 한 채가 들어와 앉은 느낌이랄까. 아무튼 청운문학도서관을 거쳐, 시인의 언덕을 거쳐, 윤동주문학관으로 갈 수 있으니, 한마디로 이 길은 '문학의 길'인 셈이다.

종로구에는 청운문학도서관 외에도 크고 작은 도서관이 10여 개가 있다. '종로애서(愛書)'라는 타이틀로 종로 곳곳에 작은 도서관이 운영되는데, 마을 분들이 직접 전문가와 함께 운영에 참여한다.

서촌 통인시장 근처의 '통인도서관' 역시 종로 작은 도서관의 일환으로 운영되는데, 영문판 동화책과 어린이 도서를 전문으로 다룬다. 매달 다양한 영어프로그램도 진행돼 학부모들의 호응이 높다.

종로에는 다양한 연령대를 위한 개성 있는 콘셉트의 도서관이

계동길 로맨스

많기 때문에 책을 좋아하고 도서관을 즐겨 찾는 이들에겐 참 살기 좋은 곳이다. 어려서부터 부모와 함께 다양한 도서관을 접한 아이들은 책에 대해, 책이 있는 공간에 대해 조금 더 열린 마음으로 다가설 수 있을 거라고 생각한다.

독립문공원으로 현장학습을 나온 아이들

역사의 뒤안길

독립문공원 & 이진아도서관

       독립문공원 근처에 작업실을 얻은 지 3년
째다. 동양화를 그리는 동생과 함께 쓰기위해 마련한 공간으로, 낮
에는 주로 내가 쓰고 저녁에는 동생이 쓰는 식이다. 작업실을 얻기
전까지 독립문공원은 그저 이동 중 지나치며 보게 되는 곳이었다.
'서대문형무소역사관'이 있다는 정도의 상식이 전부였는데, 작업실
을 얻은 후 독립문공원을 종종 이용하다보니, 역사적인 장소일 뿐만
아니라 시민들의 좋은 휴식처라는 생각이 들었다.

       서대문형무소는 일제가 독립운동가들을 가두고 잔혹한 고문을
행한 아픈 역사의 흔적이 서린 곳이다. 또한 80년대 학생운동을 했

던 이들에게 서대문형무소는 잊을 수 없는 곳이다. 당시 시위 중 붙잡혀 이곳에 수감된 대학생들이 꽤 많았고, 그들을 면회하기위해 지방에서 올라온 가족들이 묵을 곳이 필요해 여관골목이 생겼다.

그 여관골목은 최근 대기업 건설사의 아파트 건립으로 흔적도 없이 사라졌지만, 내가 처음 작업실을 얻었을 때까지만 해도 여관골목의 식당들이 여전히 영업을 했고, 점심을 먹으러 가면 제육볶음이나 된장찌개에 반찬을 넉넉히 주시곤 했다. 이제 그 여관골목은 그곳을 보고 겪었던 이들의 기억 속에만 남게 된 셈이다.

독립문공원은 짐작보다 꽤 넓다. 순국선열참배 헌화대가 있는 독립관이 있고, 그 앞으로 광장이 있어 아이들이 자전거를 타거나 킥보드, 인라인을 타기 위해 모여든다. 그 위쪽으로는 순국선열추념탑 주변으로 나무들이 즐비한 넓은 녹지가 있어 봄, 가을이면 학생들이 서대문형무소역사관으로 현장학습을 하기 위해 즐겨 찾는다. 그 무렵이면 돗자리에 앉아서 도시락을 먹으며 웃고 떠드는 아이들의 모습을 원 없이 볼 수 있다.

서대문형무소역사관을 오른편에 두고 높은 계단을 쭉 올라가면, 이진아도서관이 있다. 이 도서관은 2003년 미국에서 유학생활을 하던 이진아 씨가 불의의 교통사고로 세상을 떠난 후, 가족들이

이진아도서관에서 바라본
서대문형무소역사관

이동도서관으로 활용되는 타요 버스.
아이들에게 인기가 높다.

딸을 기리기 위해 도서관 건립기금을 기부했고, 이진아 씨의 생일에 맞춰 개관을 했다. 지금은 서대문구립 '이진아기념도서관' 으로 관리 운영되고 있다.

성인이 된 딸을 하루아침에 잃게 된 부모의 심정이 어땠을지 그 마음을 헤아리긴 어렵다. 하지만 이진아도서관에서 엄마아빠와 함께 책을 읽는 아이들, 도서관 앞 놀이터에서 뛰놀며 타요버스(이동도서관 버스)를 보며 행복해하는 아이들을 볼 때면, 나눔의 마음이 만든 기적을 보는 기분이다. 세상에 없는 고 이진아 씨도 이 모습을 본다면 분명히 미소를 지을 것 같은 풍경이다.

도서관의 구성은 유아부터 초등학교 2학년생까지 이용할 수 있는 모자열람실이 있고, 초등학교 고학년부터 중학생이 이용할 수 있는 어린이열람실이 있다. 그 외에도 도예공방실과 문화실, 전자정보열람실 등이 있어 다양한 연령대가 이용한다. 도서관 1층 카페에는 장애인 청년들이 커피를 내려주는 카페가 있어 간단히 요기하며 시간을 보내기에도 좋다.

이진아기념도서관 오른편 정원의 산책로를 따라가면 '안산자락길' 로 이어진다. 안산자락길은 완만한 경사와 평지로 돼있어 등산화를 신지 않고도 가볍게 걸을 수 있다. 두 개의 코스가 있는데 어느 쪽을 선택하든 한 바퀴를 돌아 출발점으로 돌아오게 된다. 특히 바닥이 나무데크로 돼있어 유모차나 휠체어를 밀고 산책하는 이들도 볼 수 있다.

녹음이 짙어지는 봄과 여름엔 울창한 나무들이 뿜어내는 숲 향기가 진동하는데, 특히 메타세쿼이아 나무숲이 인기다. 담양이나 남이섬만큼 울창한 건 아니지만 멀리 가지 않고도 메타세쿼이아 나무를 볼 수 있으니 충분히 반갑다. 그 인기를 증명하듯 메타세쿼이아 나무 숲속에 마련된 휴식공간엔 간식거리를 먹으며 시간을 보내는 이들이 많다.

'안산자락길' 은 숲 체험을 하기에도 좋지만, 인왕산과 서대문형무소 역사관이 한눈에 들어오는 전망이 멋지니, 아이들과 함께 도서관을 둘러본 후 산책 겸 걸어 봐도 좋을 것 같다.

입구 우측에 놀이터가 있어 동네 아이들이 모이는 곳

사적 제121호로 지정된 사직단

⚙ 계동길 로맨스

과거의 영광을 보다
사직단

　　　　　종로는 주택가보다는 오피스건물이 주를 이루기 때문에 혼자서 이곳에 살던 사람들도 결혼해서 아이를 낳고 나면, 아파트단지가 있는 인근의 다른 구로 이사를 가곤 한다. 내가 처음 원서동에 터를 잡았을 때 느꼈던 것처럼 아이들이 뛰어 놀만한 넓은 공터나 녹지도 부족해보이고, 생활에 필요한 마트나 기반 시설들이 취약해 보이기 때문일 것이다.

　　종로구도 그 문제에 대해 고민하는 것 같다. 종로 일대를 다니다보면 '아이 키우기 좋은 곳, 종로' 라는 슬로건을 종종 볼 수 있고, 작은 도서관 사업이나 아이들을 위한 다양한 프로그램을 운영하며, 종로가 아이를 키우기에 전혀 문제가 없는 동네라는 이미지를 만들어가는 중이다.

서촌에서 아이들을 위한 장소들이 모여 있는 곳이 바로 사직단 근처이다. 사직단을 기준으로 뒤쪽엔 종로도서관이 있고, 우측으로 서울시립 어린이도서관과 유아교육개발원이 마주보고 있다.

사직단 출입구 우측에 어린이 놀이터가 있고, 서울시립 어린이 도서관 내에도 놀이터가 있어서, 아이를 동반한 부모님들이 평일, 주말 상관없이 즐겨 찾는 곳이다. 나도 아이와 이곳에서 종종 주말 시간을 보내곤 한다. 또 사직단 '서신문'은 사직공원과 인접해있어, 사직단을 찾는 사람보다 사직공원에서 시간을 보내는 사람들이 훨씬 더 많을 것이다.

사적 제121호로 지정된 사직단은 조선시대 제사를 지냈던 제단 이다. 한양에 도읍을 정한 태조 이성계가 고려의 제도에 따라 경복 궁 동쪽에 종묘, 서쪽에 사직단을 설치했다고 한다. 이곳에서 일 년 에 네 차례의 대사와 중요한 제사, 기우제 등을 지냈으며, 사직서가 생겨 제사에 필요한 일들을 도맡아 했다.

사직단은 평소에는 문이 닫혀있다. 갈 때마다 사방의 문이 닫 혀있어서 밖에서만 구경할 수 있는 줄 알았는데, 안내원에게 요청하 면 잠시 둘러볼 수 있도록 어린이도서관 앞에 위치한 '북신문'을 열

서울시립 어린이도서관

사직단 위쪽에 자리한 종로도서관. 높은 곳에 위치해 서울 도심을 한눈에 볼 수 있다.

어준다.

역사적으로는 의미 있는 제단이지만, 그냥 외관만 보면 거대한 돌들이 놓여있는 것처럼 보인다. 그나마 보존과 잔디가 잘 조성돼있어 '동신문' 쪽에 서서 바라보면, 카메라 앵글에 모두 들어오지 않는 넓은 사직단의 모습에, 당시 제사의 규모가 얼마나 컸을지 짐작해볼 수 있다.

아이와 함께 이곳을 찾는다면, 사직단을 둘러보며 역사에 대해 간단히 공부한 후, 종로도서관에 가볼 것을 추천한다. 사직단 우측 동신문을 지나 걸어가면 종로도서관으로 오르는 숲속 계단이 있고, 그 끝까지 올라가면 종로도서관이 나오는데, 그곳에 서면 서울 시내가 한눈에 내려다보인다.

종로도서관에서 내려다보면, 우리가 매일 숨 쉬고 바삐 움직이는 서울이라는 도시가 아파트 모델하우스의 모형처럼 작게 보인다. 때론 뿌옇고 때론 맑은 대기 속에 들쭉날쭉 높고 낮은 건물들이 빼곡하게 들어차있는 서울의 모습은 많은 생각을 불러온다. 점점이 보이는 저 수많은 건물들 속에 사람들이 있고, 우리는 오며가며 서로를 모른 채 스치고 지나치며 하루하루를 살아가겠지….

그럼에도 도시의 삶이 살만한 가치가 있다면, 서로 얽혀 살아가는 관계에 있지 않을까. 서로 얼굴 붉히기 보다는 친절을 베풀고,

경계하고 의심하기 보다는 선의의 마음을 비추는 낯선 관계들이 많을수록, 삭막한 도시에도 온기가 돌지 않을까. 사직단이 뭔지도 모르는 꼬마들이 그 옆의 놀이터에서 깔깔깔, 웃으며 노는 모습을 보며 생각해본다.

은행잎이 눈처럼 쌓인 경복고 교정

계동길 로맨스

은행잎이 질 무렵

경복고등학교

       나는 80년대 후반에 고등학교를 다녔다. 어쩔 수 없이 중년이라 불릴 나이가 되었지만, 교복을 입은 학생들을 볼 때면 중고등학교 때의 교정이 어렴풋이나마 기억나고, 입가에 배시시 웃음이 난다.

       그 당시엔 상고가 더 인기였다. 내신 성적이 좋은 학생들이 상업계 고교를 갔다. 여상은 더 했다. 줄줄이 딸린 형제자매들, 특히 남동생이나 오빠를 위해 일찌감치 직업전선에 뛰어들어야했던 여자들이 내 주변에도 많다. 형제자매들 중 공부를 제일 잘했지만, 맏딸이라는 이유로 여상을 종용 받고 스무 살도 되기 전에 직장에 들어가야 했던 여자들은, 악착같이 돈을 모아 뒤늦게 야간대학에 가거나 늦깎이 대학생이 되었다.

청운효자동주민센터 인근에는 초, 중, 고교가 운집해있다. 그중에서도 경기상고와 경복고등학교는 오랜 역사와 전통을 자랑한다. 한때 KS마크라고 불리는 명문대 졸업생들을 일컫는 말이 있었는데, 앞의 K가 바로 경복고를 가리킨다. 교정에 들어서니, 오랜 세월이 한눈에 느껴지는 건물과 입구에 위풍당당하게 서있는 수령이 오래된 은행나무가 인상적이었다.

은행나무는 서울 도심에서 흔히 볼 수 있는 가로수이고, 은행이 익어 떨어질 무렵이면 악취를 풍기는 주범이기도 하다. 그래서 악취를 풍기며 떨어지기 전에 구청에서 미리 은행나무를 흔들어 은행을 수거해가기도 한다. 떨어진 은행이 도시 미관을 해치는 건 맞지만, 가을의 낭만 따위 누릴 여유가 없이 실용적인 부분을 우선하게 되는 건 아닌지, 씁쓸해질 때도 있다.

나의 고교시절을 떠올려보면, 가장 먼저 그때 무척 좋아했던 국어선생님 생각이 난다. 여고에서 인기 있는 남자교사로는 체육선생님과 국어선생님, 미술선생님을 꼽을 수 있는데, 나는 국어선생님을 좋아하는 학생에 속했다.

당시 국어선생님은 총각으로 학교 주변에 자취를 하고 있었는

오랜 역사가 느껴지는 학교 건물

"엄마, 내가 제일 예쁜 나뭇잎을 찾았어. 엄마 줄게."

데, 학생들이 종종 그곳에 찾아가 간식도 얻어먹고, 차도 마시며 놀다오곤 했다. 지금 같으면, '다 큰 여교생들이 겁도 없이 남자교사의 자취방에 간다고?' 깜짝 놀랄 일이겠지만, 그땐 정말 아무렇지 않게 선생님의 자취방에 드나들었다.

나는 국어선생님을 좋아하면서도 부끄러움이 많아서 선생님께 드러내놓고 좋아한다는 내색을 하지 못했다. 단짝 중에 한명이 꽤 적극적인 성격이었고, 그 친구와 함께 딱 한번 선생님의 자취방에 간 적이 있는데, 구체적으로 무슨 이야기를 나누었는지 기억이 나지 않을 정도로, 나는 긴장했던 것 같다.

세월이 흘러 고등학교 앨범 속의 선생님의 얼굴을 보면서 '내가 왜 이 선생님을 좋아했었지?' 생각해본 적이 있다. 딱히 잘생긴 얼굴도 아니고 키도 아담한, 외모적으로는 너무나 평범한 사람이었다. 여전히 떠오르는 그때의 기억들은 벚꽃이 핀 교정을 내다보며 선생님이 시를 낭송하던 모습, 차분하고 좋았던 선생님의 목소리 같은 것들이다. 많은 시간이 흘러 추억은 바래졌고 국어선생님의 소식도 알 길이 없지만, 선생님의 뒤를 살그머니 뒤쫓아 가며, 우리끼리 키득거리던 소녀들의 모습이 눈앞에 그려진다.

은행잎이 질 무렵이면 경복고에 간다. 우람한 은행나무에서 떨어진 노란 은행잎이 눈처럼 쌓여, 아이와 남편은 은행잎으로 눈싸움을 하듯 장난을 친다. 나는 한 쪽에 앉아서 가장 깨끗하고 예쁜 은행잎을 골라 손에 쥔다. 그 옛날 학창시절에 했듯이 책 속에 책갈피로 끼워야지…속으로 생각하면서.

한참을 앉아있는 내 앞으로 아이가 웃으며 뛰어왔다. 손에 커다란 나뭇잎을 들고, 아이가 말했다.

"엄마, 내가 제일 예쁜 나뭇잎을 찾았어. 엄마, 줄게~!"

고백컨대 그 순간이 너무 행복했다. 엄마를 위해 가장 예쁜 나뭇잎을 찾아낸 아이의 마음이 예쁘고, 사랑스러웠다.

'그래, 아들아. 우리 이렇게 추억을 쌓아가자. 세월을 켜켜이 나이테에 쌓는 나무들처럼 너와 나, 우리의 행복한 순간들을 가능한 많은 곳에 쌓아두자. 그러면 오랜 세월이 흐른 뒤에도 추억을 더듬으며, 미소 짓는 시간들이 많아지겠지. 그런 게 행복이지 별거 있겠니? 엄마가 너보다 먼저 살아보니 그래.'

아이가 건넨 나뭇잎을 가방에 조심조심 넣고, 아이를 꼭 안아주었다. 또 한 번의 가을이 이렇게 간다.

"나는야 종로의 관광안내원"

삶은 때로 우리를 지치게 하고, 나이가 들수록 주변의
우울하고 힘겨운 이야기가 일상의 주를 이룬다. 이 책을 통해 도시생활에 지치고,
육아에 지친 많은 분들이 서울을 여행하듯 거닐며,
도심 속에서 작고 소소한 즐거움들을 발견할 수 있기를 바란다.

　　　　　　　외국인 친구가 한국에 와서 외국인의 눈
으로 발견한 한국의 매력을 소개하는 TV프로그램이 있었다. 그 방
송프로그램을 보면서 느낀 것은 '내가 장소들을 제대로 골랐구나'
라는 생각이었다.

　　이 책을 다 읽은 분들은 느끼겠지만, 그 방송프로그램에서 외
국인들이 방문했던 여러 관광지 가운데 〈계동길 로맨스〉에 등장한
곳이 꽤 있다. 종로에 10년 넘게 살면서 발견한 매력적인 곳들을 그
들이 방문했을 때, 속으로 얼마나 기뻤는지 모른다. 그 방송 덕분에
사람들이 도심 속 익숙했던 장소의 새로운 매력을 알게 될 거라는

기대감이 들기도 했다.

한때 여행작가를 꿈꿨고, 세계 여러 나라를 가보았다. 불과 10년 전만해도 배낭을 메고 지도를 들고 설레는 마음으로 떠났던 여행은, 지금과는 조금 달랐다. 많이 헤맸지만 그래서 더 기억에 남기도 한다.

요즘은 인터넷과 SNS의 도움으로 관련 정보들은 풍성해졌지만, 어떤 여행이든 비슷한 코스로 움직이며, 비슷한 음식을 먹고 사진을 올리는 여행이 돼버리는 것 같아 아쉬움이 더 크다.

나는 늘 여행을 떠나게 되면, 그 나라의 언어를 최대한 공부하고 간다. 조금이라도 현지인들과 대화를 더 나누고, 그들의 일상 속으로 들어가 보고 싶기 때문이다. 여행 중 만난 사람들은 대부분 낯선 이들에게 호의적이었고, 자신들이 아는 맛집이나 멋진 장소를 물어보면, 흔쾌히 알려주곤 했다.

한국으로 여행 온 이들도 그와 같은 경험을 하고 가길 바라는 마음에 나는 가끔 오지랖을 떠는 사람이 된다. 지도를 보며 헤매는 외국인을 만나면, "어디 찾아요?"라고 물은 후 길을 가르쳐주고, 그래도 모르는 눈치면 직접 그 앞까지 안내를 해주기도 한다.

나의 오지랖을 대부분의 관광객은 환한 미소로, 고맙다는 인사로 호응해준다. "저 사람 왜 저래?"라고 경계하는 경우는 거의 못 본 것 같다. 오히려 마음을 활짝 연 여행자들은 "음식은 어디가 맛있어요?"라고 질문을 하고, 아예 갈만한 곳을 추천해달라고, 적극적으로 나오는 사람도 있다.

이제 40대 중반이 된 친구들이 모일 때면 '이민' 이야기가 빠지지 않고 등장한다. 노후복지도 취약하고, 육아에 대한 지원도 부족한 이 나라를 얼른 뜨고 싶다는 말들을 자주 한다. 무엇보다 초등학교 때부터 대학입시를 위해 준비해야하는 입시지옥의 궤도에 우리 아이를 밀어 넣고 싶지 않다고, 엄마들은 한숨을 쉰다. 캐나다나 호주 같이 너른 자연이 있는 곳에서 아이들이 마음껏 뛰어놀며 커가는 모습을 보고 싶다는 바람은 현실로 옮기기엔 쉽지 않은 일이다.

나 또한 고민이 많았다. 삭막한 서울 도심에서 아이를 어떻게 키우며 살 것인가. 강원도 산골에 있다는 숲속 대안학교도 생각해보고, 남편의 직업으로 취업이민을 할 수 있는 나라들을 찾아본 적도 있다. 이곳이 아니면 어디든 괜찮다는, 막무가내의 마음이 든 적도 있음을 고백한다.

우리는 늘 다른 곳을 꿈꾼다. 마음속의 그곳은 늘 여기보다 낫고, 그곳에 가면 무엇이든 잘 될 것 같은 근거 없는 희망이 샘솟기도 한다. 하지만 또 우리는 안다. 막상 외국에 나가서 밥벌이를 하며 사는 일이 녹녹치 않으며, 아이를 둔 삼십대 이후 사오십 대의 변화는 더더욱 어렵다는 것을 말이다.

결혼을 하고 육아와 일을 병행하면서 자주 꿈틀대는 역마살 때문에 많이 괴로웠다. 출산 후 1년이 가장 힘들었고, 2년까지도 정체성의 혼란을 겪으며 일과 육아의 조율에서 어려움을 겪으며 위태로웠다.

아이가 점점 자라고, 아이의 손을 잡고 여기저기 돌아다니며 여행에 대한 갈증은 많이 해소되었고, 이제는 아이와 함께 가고 싶은 여행지를 고르며 설레는 시절을 보내고 있다.

'여기는 진짜 아니야, 서울은 더 이상 사람 살 데가 못 돼' 라고 단정 지었을 땐 보이지 않던 많은 것들이, 이제는 눈에 들어온다. 계절이 바뀔 때면 고궁의 모습을 자연스레 떠올리고, 여름이 되면 수성동계곡과 청계천을 떠올리고, 가을이 되면 덕수궁 돌담길을 찾아가는 식이다.

서울 사대문안도 이제 고층빌딩이 즐비한 곳으로 변해가고 있지만, 아직은 북촌과 서촌처럼 나지막한 동네, 골목길이 남아있는 동네가 건재하고 있어 위안이 된다. 시선을 해외로 지방으로 멀리만 던지지 말고, 내 집 가까이에 있는 오래됐지만 멋진, 낡았지만 정겨운 장소들을, 여행하듯 둘러보는 즐거움을 많은 분들이 느꼈으면 좋겠다. 그것이 산문과 여행에세이의 중간쯤 되는 글들을 책으로 엮은 이유이기도 하다.

삶은 때로 우리를 지치게 하고, 나이가 들수록 주변의 우울하고 힘겨운 이야기가 일상의 주를 이룬다. 그럼에도 우리는 아이와 먹고, 놀고, 자고, 생활하며, 하루하루를 꾸려 나가야한다.

마음이 힘들 때, 쉬고 싶다는 생각이 들 때, 도심 속 휴식처를 활용한다면, 에너지를 재충전하고 아이들에겐 자연과 벗하게 만드는 좋은 시간이 될 거라고 확신한다. 내가 그렇게 10년 넘게 사람 많고 복잡한 종로에 살고 있으며, 그 경험들이 나와 아이, 우리 가족의 일상을 더 풍요롭게 만들어주고 있기 때문이다.

✽ 계동길 로맨스

이 책을 통해 도시생활에 지치고, 육아에 지친 많은 분들이 서울을 여행하듯 거닐며, 도심 속에서 작고 소소한 즐거움들을 발견할 수 있기를 바란다.

−2017년 가을, 서촌에서 **오명화**